歴史探偵
昭和の教え

半藤一利

文春新書

1319

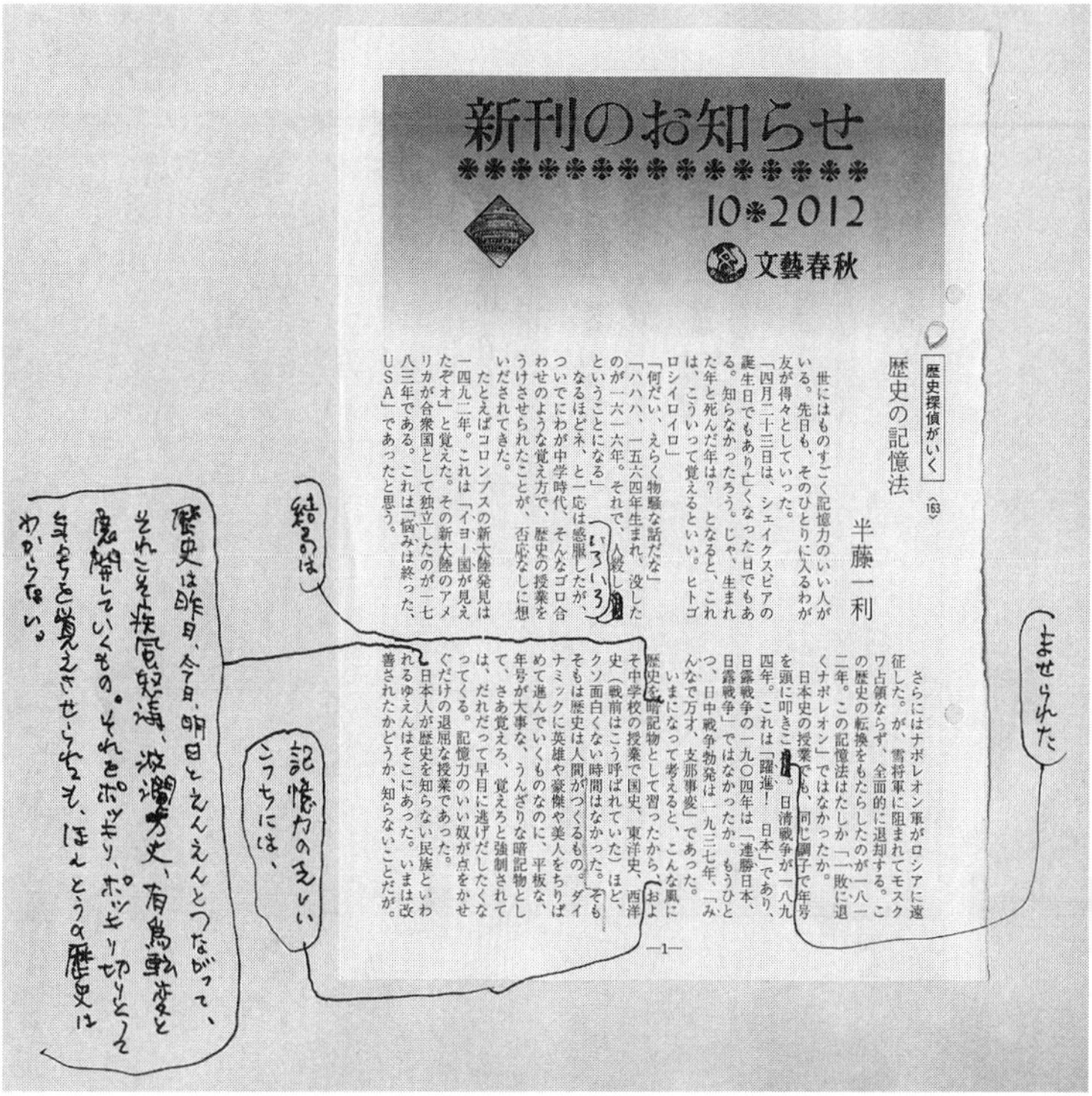

新刊のお知らせ

10＊2012

文藝春秋

歴史探偵がいく〈163〉

歴史の記憶法

半藤一利

世にはものすごく記憶力のいい人がいる。先日も、そのひとりに入るわが友が得々としていった。

「四月二十三日は、シェイクスピアの誕生日でもあり亡くなった日でもある。知らなかったろう。じゃ、生まれた年と死んだ年は？　となると、これは、こういって覚えるといい。ヒトゴロシイロイロ」

「何だい、えらく物騒な話だな」

「ハハハ、一五六四年生まれ、没したのが一六一六年。それで、人殺し[redacted]ということになる」

なるほどネ、と一応は感服したが、ついでにわが中学時代、そんなゴロ合わせのような覚え方で、歴史の授業をうけさせられたことが、否応なしに想いだされてきた。

たとえばコロンブスの新大陸発見は一四九二年。これは「イヨー国が見えたぞオ」と覚えた。その新大陸のアメリカが合衆国として独立したのが一七八三年である。これは「悩みは終った、USA」であったと思う。

さらにはナポレオン軍がロシアに遠征した。が、雪将軍に阻まれてモスクワ占領ならず、全面的に退却する。この歴史の転換をもたらしたのが一八一二年。この記憶法はたしか「一敗に退くナポレオン」ではなかったか。

日本史の授業でも、同じ調子で年号を頭に叩きこ[redacted]。日清戦争が一八九四年。これは「躍進！　日本」であり、日露戦争の一九〇四年は「連勝日本、日露戦争」ではなかったか。もうひとつ、日中戦争勃発は一九三七年、「みんなで万才、支那事変」であった。

いまになって考えると、こんな風に歴史を暗記物として習ったから、およそ中学校の授業で国史、東洋史、西洋史（戦前はこう呼ばれていた）ほど、クソ面白くない時間はなかった。そもそもは歴史は人間がつくるもの。ダイナミックに英雄や豪傑や美人をちりばめて進んでいくものなのに、平板な、年号が大事な、うんざりな暗記物として、さあ覚えろ、覚えろと強制されては、だれだって早目に逃げだしたくなってくる。記憶力のいい奴が点をかせぐだけの退屈な授業であった。

日本人が歴史を知らない民族といわれるゆえんはそこにあった。いまは改善されたかどうか、知らないことだが。

—1—

掲載された原稿にも加筆、推敲を重ねるのが半藤さんのスタイル

まえがきに代えて——歴史の記憶法

世にはものすごく記憶力のいい人がいる。先日も、そのひとりに入るわが友が得々としていった。

「四月二十三日は、シェイクスピアの誕生日でもあり亡くなった日でもある。知らなかったろう。じゃ、生まれた年と死んだ年は？　となると、これは、こういって覚えるといい。ヒトゴロシイロイロ」

「何だい、えらく物騒な話だな」

「ハハハ、一五六四年生まれ、没したのが一六一六年。それで、人殺しいろいろということになる」

なるほどネ、と一応は感服したが、ついでにわが中学時代、そんなゴロ合わせのような覚え方で、歴史の授業をうけさせられたことが、否応なしに想いだされてきた。

たとえばコロンブスの新大陸発見は一四九二年。これは「イヨー国が見えたぞオ」と覚えた。その新大陸のアメリカが合衆国として独立したのが一七八三年である。これは「悩みは終った、ＵＳＡ」であったと思う。

さらにはナポレオン軍がロシアに遠征した。が、雪将軍に阻まれてモスクワ占領ならず、全面的に退却する。この歴史の転換をもたらしたのが、一八一二年。この記憶法はたしか「一敗に退くナポレオン」ではなかったか。

日本史の授業でも、同じ調子で年号を頭に叩きこませられた。日清戦争が一八九四年。これは「躍進！ 日本」であり、日露戦争の一九〇四年は「連勝日本、日露戦争」ではなかったか。もうひとつ、日中戦争勃発は一九三七年、「みんなで万才、支那事変」であった。

いまになって考えると、こんな風に歴史を結局は暗記物として習ったから、記憶力の乏しいこっちには、およそ中学校の授業で国史、東洋史、西洋史（戦前はこう呼ばれていた）ほど、クソ面白くない時間はなかった。

そもそもは歴史は人間がつくるもの。ダイナミックに英雄や豪傑や美人をちりばめて進んでいくものなのに、平板な、年号が大事な、うんざりな暗記物として、さあ覚えろ、覚えろと強制されては、だれだって早目に逃げだしたくなってくる。記憶力のいい奴が点をかせぐだけの退屈な授業であった。

　歴史は昨日、今日、明日とえんえんとつながって、それこそ疾風怒濤《しっぷうどとう》、波瀾万丈《はらんばんじょう》、有為《うい》転変《てんぺん》と展開していくもの。それをポッキリ、ポッキリ切りとって年号を覚えさせられても、ほんとうの歴史はわからない。日本人が歴史を知らない民族といわれるゆえんはそこにあった。いまは改善されたかどうか、知らないことだが。

（二〇一二年十月）

歴史探偵　昭和の教え◎目次

第一章　昭和史の語り部として

二・二六事件「宮城占拠計画」の謎は解けた

今回、ノンフィクション作家の奥野修司氏によって発見された皇宮警察編『二・二六事件記録』（以下、『皇警記録』）から、改めて「二・二六事件」を読み解いてほしいという（「文藝春秋」）編集部からの依頼を受け、私は自宅の本棚を懐かしさとともに眺めました。

本棚には二・二六事件にかんする書籍が五十冊以上は並べられています。この事件は、小説や映画の題材にもなり、書かれた学術論文、研究書は字義どおり汗牛充棟《かんぎゅうじゅうとう》。なかでも決定的な大きな流れをつくったのは、私も編集者としてかかわった松本清張さんの『昭和史発掘』でしょう。

存命だった当事者にインタビュー

『昭和史発掘』は、一九六四年から七一年まで「週刊文春」で連載されていたノンフィクション作品です。大正末期から昭和初期にかけての出来事が清張さんと編集部（担当は藤井康栄さん、現・松本清張記念館名誉館長）の独自取材に基づいて描かれています。とくに『二・二六事件』（文藝春秋全三巻　以下、『昭和史発掘』）は傑作で、事件の全容を明らかにしました。まだ存命であった事件当事者たちへの徹底的なインタビューもおこなわれ、その数は反乱軍の青年将校や参加した下士官兵をあわせて、およそ百五十人にものぼりました。

二・二六事件とは、ご存知のように一九三六年（昭和十一年）二月二十六日に起こった陸軍部隊による軍事クーデタです。

彼らが何でこの挙に出たのか。それには「蹶起《けっき》趣意書」を見るのが一番です。

「謹《つつし》んで惟《おもんみ》るに我が神洲《しんしゅう》たる所以《ゆえん》は、万世一神たる天皇陛下御統帥の下に、挙国一体生々化育を遂げ、終《つい》に八紘一宇《はっこういちう》を完《まっと》うするの国体に存す。此《こ》の国体の尊厳秀絶は天祖肇国《ちょうこく》神武建国より明治維新を経て益々体制を整へ、今や方《まさ》に万方に向って開顕進展を遂ぐべきの秋《とき》なり。然《しか》るに頃来遂に不逞兇悪《ふていきょうあく》の徒簇出《そうしゅつ》して私《し》心我《しんが》欲《よく》を恣《ほしいまま》にし至尊《しそん》絶対の尊厳を藐視《びょうし》し僭上《せんじょう》之《こ》れ働き万民の生々化育を阻碍《そがい》して塗炭《とたん》の痛苦に呻吟《しんぎん》せしめ随《したがっ》て外侮《がいぶ》外患《がいかん》日を逐ふて激化す。所謂《いわゆる》元老、重臣、軍閥、財閥、官僚、政党等は此の国体破壊の元兇なり。（中略）内外真に重大危急今にして国体破壊の不義不臣を誅戮《ちゅうりく》して稜威《みいつ》を遮《さえぎ》り御維新を阻止し来れる奸賊を芟除《さんじょ》するに非《あら》ずんば皇謨《こうぼ》を一空せん」（明らかな誤字は改めた）

いやはや、これでは何を言っているのか分からないでしょう。そこで、簡単に言わんとしていることろを説明しますと、「わが国が世界に冠たるところは天皇が統治する尊厳秀絶な国体にある。ところがその国体は破壊に瀕し、国民は非常に苦しい生活をしている。これは元老、重臣、軍閥、財閥、官僚、政治家が悪いのである。彼らが政治をほしいままにして、聖明を蔽《おお》い隠しているからだ。いま、これら君側《くんそく》の奸《かん》どもを滅ぼして、維新を断行し、国体をあるべき姿に戻して国民を救わんとする」ということなのです。つまり一君万民、君民一体の真の国のあり方を取り戻そうというわけなのです。

　こうして、歩兵第一連隊、第三連隊、それと近衛歩兵第三連隊の将兵千四百八十三人が蹶起し、首相官邸や警視庁をはじめとした国家の中枢部を襲撃。斎藤実《さいとうまこと》内大臣、高橋是清《たかはしこれきよ》大蔵大臣、渡辺錠太郎陸軍教育総監が殺害され、鈴木貫太郎侍従長も重傷を負いました。岡田啓介首相はどうにか逃れて、代わりに首相と間違えられて松尾伝蔵元大佐が殺されました。

　結果として、事件は四日間で終熄《しゅっそく》し、その後、反乱に携わった青年将校たちは処刑されます。蹶起部隊に組し、あるいは同情的であった陸軍の将官から中堅将校たちは、陸軍から一掃されることになりました。

松本清張による歴史的発見

その間にいろいろと複雑な経緯があったのですが、それは清張さんの『昭和史発掘』に、非常に分かりやすく詳細に書かれています。しかも、他の研究書にはない、大発見とも言うべき事実がこの本で明らかになったのです。事件後の軍事裁判でも被告の青年将校たちは一言もそのことには触れず、全てをあの世に持っていってしまったほどの、秘められた事実でした。

それは、行動計画のなかに「宮城《きゅうじょう》占拠計画」があったということです。このことが『昭和史発掘』の連載中に初めて明らかにされたときは、それまで誰も気づかなかった歴史をひっくり返すような事実を我々が掘り起こしたんだと、非常に興奮したことを覚えています。

この計画とは、宮城（皇居）を制圧し、天皇陛下を蹶起軍の手中に収めようというものです。そうです。幕末に薩長が明治天皇を自分たちの側におさえ、我らは官軍なり、と呼号した強行手段と同じことです。これを俗に「玉《ぎょく》を奪う」と当時は言われたもので、蹶起将校たちはそれに学んだのかもしれません。

まず、国家改造を妨げる内大臣、侍従長、首相などの「君側の奸」を全て排除したうえで、宮城に出入りできる門を全て閉鎖し、人の通行を制限します。彼ら亡き後、天皇に直接上奏ができる人間は、本庄繁《ほんじょうしげる》侍従武官長、日和見主義の川島義之陸軍大臣、将校たちに同情的な海軍の伏見宮《ふしみのみや》（博恭《ひろやす》王）軍令部総長くらいです。自分たちに味方する者だけに三銭切手を貼ってもらい、それを通行手形として宮城内に入れるようにする。そして、彼らを通じて蹶起軍の心情と意志を天皇陛下に伝えてもらい、最終的には天皇自らが指揮をとり、「昭和維新」を成し遂げる。それが「宮城占拠計画」が描いた構図でした。

そこで清張さんが注目したのは、近衛歩兵第三連隊（以下、近歩三）第七中隊長の中橋《なかはし》基明《もとあき》中尉でした。

二月二十六日未明、中橋中尉率いる第七中隊は高橋是清邸を襲撃、高橋蔵相を暗殺した後、赴援中隊として予定通り半蔵門から宮城に入ります。そして、一時間半の待機の後、坂下門付近の配置についています。これと前後して野中四郎大尉率いる歩兵第三連隊約四百人が警視庁を占拠していました。宮城占拠を完遂するためには、坂下門以外の門を全て閉鎖すべく、この大量の兵を桜田門から宮城に引き入れる必要がある。午前八時ごろ、中橋中尉は警視庁に向かって手旗信号を送ろうとしますが、それに気づいた片岡特務曹長によって取り押さえられ失敗に終わります。最終的に中橋は気力を失い、部下たちを残して一人で宮城を出ていってしまうのです。

清張さんは『昭和史発掘』において、この中橋中尉が宮城から脱出した時点で「二・二六の決行そのものの崩壊がはじまった」と結論づけています。

実は『昭和史発掘』連載終了後、私は、殺人を犯していないという理由で死刑を免れた青年将校五人を説得し、座談会を開催しました。座談会には、当時中橋中尉と行動を共にしていた今泉義道少尉、警視庁占拠に参加した湯川康平少尉ら五人全員が参加しています。それが「われらが遺言・50年目の2・26事件」（「文藝春秋」一九八六年三月号＝以下、「文春座談会」）です。

「宮城占拠計画は本当にあったんですか。最後だから話してください」。そう私が切り出すと、しばらく沈黙が続いたあと、顔を見合わせて「もうそろそろいいんじゃないか……」と、彼らはやっと語りはじめました。湯川少尉は「私は安藤（輝三大尉）さん、坂井直中尉から教えられ、当然のことながら知っていました」と証言します。警視庁占拠に参加していた常盤稔少尉も計画の存在を明かし、二十六日の朝に坂下門の様子を偵察に行ったと振り返っています。

私は彼らの話を聞いて、「宮城占拠計画は存在した」と確信し、とにかく、これが成功したら事件はその後どう転がっていったか分からない、危ういところだったと、今にいたるまでそう思ってきたわけです。

　このたび『皇警記録』を編集部から渡されたとき、私の念頭にはこの「宮城占拠計画」がありました。というのも、今まで、二十六日朝の宮城内のことがしっかりと書かれた資料など、お目にかかったことがなかったからです。それに「宮城占拠計画」については、証言者の数も限られ、彼らの記憶も曖昧であったため、腑に落ちない点がいくつか残されていたからでもあります。

　第一に、中橋中尉の中隊は「宮城占拠計画」という二・二六の行方を左右する一番重要な任務を担っていたにもかかわらず、高橋蔵相殺害も任されていたことです。人を殺すという大仕事をやったあとで、さらに重大な使命を果たす。これは作戦としてはあまりに杜《ず》撰《さん》ではないかと、疑問に思っていました。

　第二に、宮城に入ってからの中橋中尉の行動が今ひとつ明らかになっていないことです。中橋中尉が午前六時ごろ、半蔵門から宮城内に入り、八時ごろに一人で宮城を出ていくまでの約二時間、彼は宮城内で何をうろうろしていたのか。この間、今泉少尉に指揮を任せた近歩三の第七中隊の兵たちは待機させられ、ぼんやりとした時間を過ごしています。

「文春座談会」でも今泉少尉は「わが隊七十五名はゆっくりと二重橋のすこし奥の方にある守衛隊本部に近づきまして、そこで待機しました。当然何か命令があるだろうと……。しかし何らのこともなく一時間も待機のままでしたな」と語っています。「宮城占拠計画」を遂行したいのなら、兵隊たちをさっさと配置につかせるべきですが、総指揮の中橋中尉は指令を出すことなく彼らの前から消えてしまったのです。

『皇警記録』には、事件当日の皇宮警察の警備記録が詳細に記されており、しかも「中橋中尉の行動及上奏隊侵入計画に対する皇宮警察官の決死的警備」と題された数ページの記録も存在します。

この記録を辿《たど》れば、中橋中尉による「宮城占拠計画」の全容を解明できるかもしれない――。

宮城の門全ての警備に当たっていた皇宮警察によってまとめられたものだから、と俄然勇み立ったのです。しかし、私の期待は思わぬ形で裏切られることになります。記録に残された中橋中尉の行動を追っていくと、どうも私が予想していたものとは全く異なる事実が浮かび上がってきました。つまり、「宮城占拠計画」像は脆くも崩れ去った、と言うしかなくなったのです。

二月二十六日は絶好のタイミング

とりあえず『皇警記録』を追っていきます。

二月二十六日午前四時二十分。中橋中尉率いる近歩三第七中隊の百三十人は非常招集をかけられ、四時五十分に営門を出発します。近歩三の兵営は、現在ＴＢＳや赤坂サカスがある赤坂五丁目一帯に広がっていました。ＴＢＳ横の赤坂パークビルの敷地内を歩くと、「近衛歩兵第三聯隊跡」と書かれた石碑を見つけることができます。

中橋中尉が率いる中隊はまず、最初の襲撃目標である大蔵大臣・高橋邸に向かいます。有名な和菓子屋「とらや」赤坂本店が面する青山通りを渋谷方向にちょっと進むと、左側に公園が見えますが、ここに高橋邸がありました。

私も『昭和史』（平凡社）を書いた際、第七中隊が通った道を辿ってみたことがあります。今思い返すと馬鹿らしいですが、事件と同じ二月二十六日に、手足が凍えるような寒さのなかを歩いてみたのです。実際、近歩三の兵営から高橋邸までは、裏通りともいえる一本道を通ってすぐの距離でした。「なるほど。宮城占拠のついでにまず高橋邸を襲撃するという任務を付け加えたのも無理はないな」と当時は納得しました。

そして、高橋邸襲撃にあたり、中橋中尉は自らの隊を二つに分けます。一つは中橋自らが率いる高橋邸襲撃隊。もう一つは、今泉義道少尉を指揮官とする宮城赴援隊でした。宮城赴援隊とは、東京で非常事態が起こった場合、天皇陛下を守ることを目的として、宮城内に入ることができる中隊です。歩兵連隊には許されず、近衛歩兵連隊しかこの任務は果たせません。しかも、この赴援隊を担当する隊は一日ごとにくるくると交代する当番制になっていました。二十六日は中橋中尉の第七中隊が担当に割り当てられており、占拠のために宮城内に入るにはまさに絶好のタイミングだったのです。そのために蹶起は二十六日と決まったといわれています。

中橋中尉は宮城赴援隊に、高橋邸の裏側にあるシャム（タイ）大使館前で待機するように命じ、自らは襲撃隊を率いて、高橋邸内に侵入。高橋蔵相の自室がある二階には、中橋中尉、中島莞爾少尉、大江昭雄曹長の三人だけが上がっていきます。

『昭和史発掘』での資料や証言によると、就寝中だった高橋蔵相の布団をはいだ中橋中尉が「天誅《てんちゅう》！」と叫んで拳銃を数発発射。続いて中島少尉が、起き上がろうとする高橋蔵相の肩先を軍刀で切りつけ、さらに右胸部を突き刺したということでした。この高橋蔵相暗殺は、ものの数分で終了しています。他の襲撃部隊は軽機関銃を使用しているのに比べ、

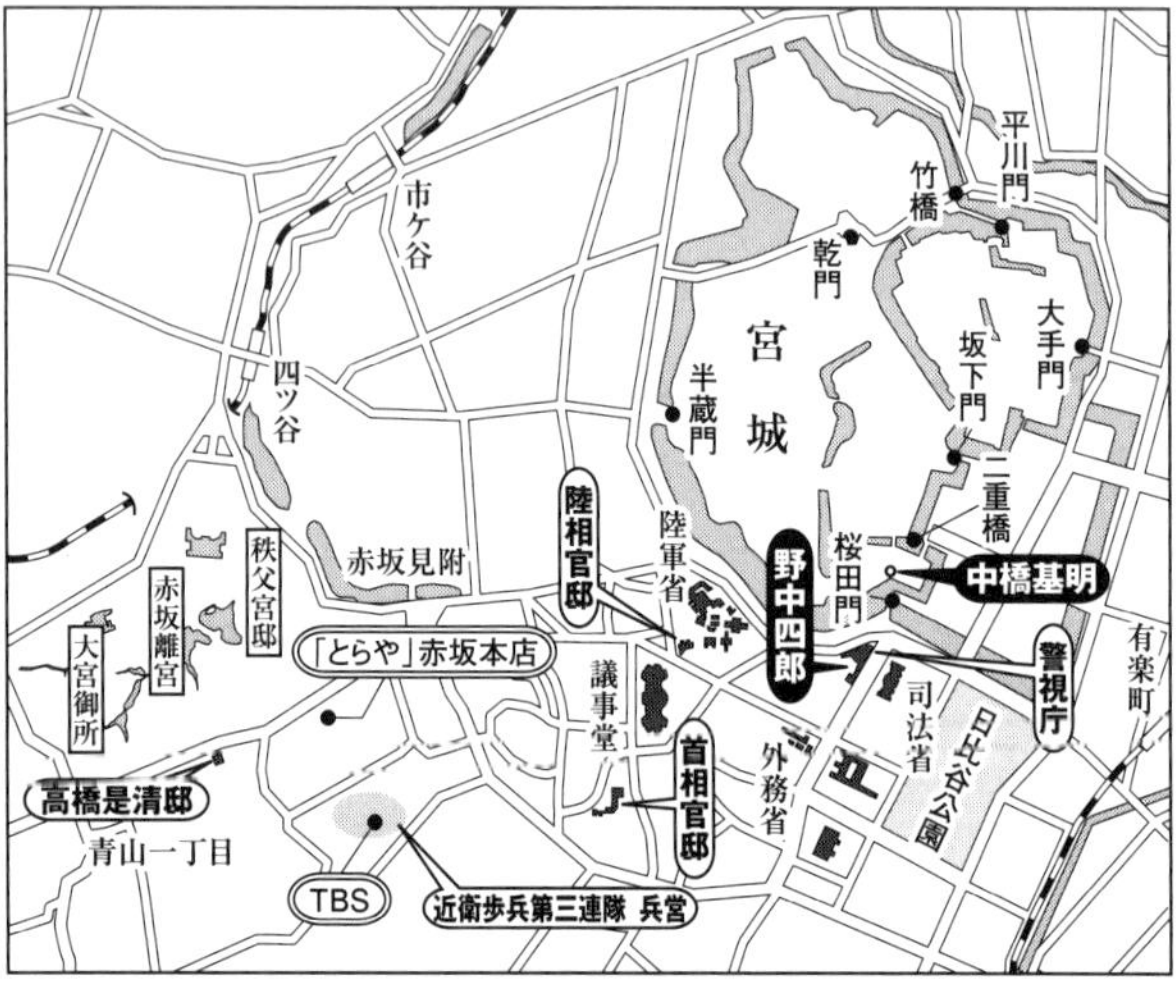

高橋蔵相殺害に使われた凶器は拳銃と軍刀のみ。静かで鮮やかな手口でした。

『皇警記録』にも、襲撃時の様子が少しばかり綴られています。それによると、「午前五時十八分赤坂離宮分遣所青山東御殿通用門に立番中の細田警手《けいしゅ》より同分遣所検番亀田警手を通し本部監察係に『只今何者か表町高橋蔵相邸警備巡査に傷害を与へ兵隊が約一ヶ小隊門を破壊し、邸内に手榴弾を投擲中』なる旨の電話報告あり。起番滝田警手部長之を受理したるを以て直ちに当直湯山警部に報告し……」そして午前五時二十五分には将校が邸内から出てきて、「引き揚げ」と命令し、隊をまとめて立ち去った、としています。

ここで、上の地図を見てください。高橋邸

前には、皇族が居住する秩父宮邸、赤坂離宮、大宮御所が並んでいます。御所の警備をしていた皇宮警察の警手たちが襲撃の状況を間近で目撃し、いち早く報告をしていたことがよく分かります。

さらに記録を読むと、襲撃隊の引き揚げから約二分が経過した五時二十七分ごろ、青山東御殿通用門で立番中だった細田警手のもとに一兵卒が駆け寄り、「中橋中尉はこちらに来ませんでしたか」と尋ねています。彼は、自らが近歩三第七中隊所属で、指揮官が中橋基明中尉であることを伝え、「私共はシャム大使館前で待っていろと命令されたのでその通りにしていたが、何がどうなったか訳が分からないので尋ねにきました」と言うわけです。襲撃計画を知らされていない宮城赴援隊の兵が、今泉少尉の命で待機しているだけで、自分たちの置かれている状況が把握できずに探りにきたのでしょう。

中橋中尉への皇宮警察の認識

このようにして皇宮警察側は、高橋邸襲撃の指揮官が中橋中尉だという事実を知り、その旨をすぐに上司の田口警部に報告しています。つまり、皇宮警察は午前六時よりかなり前の段階ですでに、近歩三第七中隊による高橋邸襲撃を把握していたということが分かるのです。当然ながらこの重大情報は、皇宮警察から、宮城内の皇宮警察部はもちろん、宮城の守備を任されている陸軍の宮城守衛隊にも連絡されているはずです。と、皇宮警察側の情報連絡からみていくと、中橋中尉が率いる宮城赴援中隊が宮城に入ったとき、すでに宮城守衛隊は彼らに対して「高橋邸を襲った連中」という認識をもっていたに違いありません。ましてや中橋は指折りの危険な国体観の持ち主と知られている人物でした。そうと分かると、「宮城占拠計画」の輪郭は全く違ったものに思えてきます。

時間を進めます。高橋邸襲撃隊はその後中島莞爾少尉が率い、首相官邸へと向かって蹶起部隊の本隊と合流します。中橋中尉は、宮城赴援隊の七十五人に合流、これを率いて、半蔵門へと向かいます。ところが「文春座談会」の今泉少尉の証言によると、この隊は完全武装をしているものの「実弾を一発も」与えられていなかったといいます。占拠計画がありながら、妙な話です。

午前六時ごろ、赴援隊は半蔵門に到着。中橋中尉は今泉少尉に「門を開けてもらってこい」と命令します。今泉少尉は走って半蔵門に近寄り「第七中隊、赴援中隊到着、開門！」と怒鳴ったところ、しばらくすると門が開いて堂々と宮城に入れたそうです。

前述のように、『皇警記録』によると、近歩兵の赴援隊が宮城内に入った前後には、大事件のあらましが宮城内には知らされていたことになります。皇宮警察はもとより軍の守衛隊本部にも報告が達していたとみてもおかしくはありません。

『昭和史発掘』によると、宮城入りした中橋中尉は守衛隊司令官の門間健太郎少佐に対し「明治神宮参拝の途中突発事件に遭遇し、非常と認めたので赴援隊として駆けつけた」と報告しています。中橋中尉は事件後の軍事法廷で、このときの門間司令官について「(自分のことを)何ら疑うこともなかったが、到着が少し早過ぎるくらいには思っていたようにみえた」と供述しています。しかし、『皇警記録』に書かれた細田警手の報告を踏まえると、門間司令官はすでに中橋中尉を疑っていたと考えるべきではないでしょうか。

　そうなると、高橋是清大臣を暗殺した「凶悪犯」である中橋中尉が、このあとなぜ一時間余にもわたって宮城内で野放しにされていたのかという疑問が生じます。それに、この非常時に、中橋中尉の報告を受けた後の門間司令官もどこで何をしていたのかがさっぱり分からない。清張さんもあるいは困ったのか、『昭和史発掘』のなかでは、「(門間司令官は)各方面からにわかにかかってくる電話を受けるなど当面のことに忙殺されていたと思われる」と曖昧に書いています。

　ところが『皇警記録』には、その間の状況が極めて明瞭に記されているのです。すなわち午前六時三十分ごろ、赴援隊を率いる中橋中尉を、警備担当である近歩三第九中隊の中溝猛大尉が「中橋」と呼びとめ、中橋を守衛隊司令部に連行しているのです。しかも司令部には門間司令官が待ち構えており、中橋中尉はそこで「尋問」を受けています。その詳細は記述されていませんが、「今朝からの行動を、順を追って全て話せ」といった類《たぐい》のものだと推察されます。

このあとがまことに微妙なのです。『皇警記録』では、

「同中尉（中橋）は事件関係者なるを観破《かんぱ》せられたるに気付き、上官の隙を窺ひて同司令部を免れ出て宮城正門より出門し……」

とあって、隙を見て脱出するとは、どうも門間司令官も中溝大尉もたるんでいたとしか思えないのです。

ところで、こうなると『昭和史発掘』の一番のクライマックスともいうべき、副司令官室での大高政楽少尉との互いに拳銃を抜いて対峙するという緊迫の対決の場面がどこかへ素っ飛んでしまいます。『昭和史発掘』から、少し長く大高少尉の証言を引用します。

「私のは中型のモーゼルで、中橋のは大型のブローニングだった。そのブローニングからプーンと硝煙の臭いがしてきた。（中略）中橋をその場で射殺しようとも考えたが、宮城

内という意識から決心がつかなかった。が、もし中橋が不穏な挙動に出たら、発射するつもりだった。しかし、中橋の指はその前に私にむかって引金《ひきがね》をひいたかもしれぬ。そのような睨《にら》み合いの状態がしばらくつづいた。長い時間に思われた」

　結局、対決は宮城内ということもあり、あるいはすでにその拳銃で人を一人殺してきた中橋にはもういっぺんの気力は萎えていたのか、拳銃の引き金が引かれることはありませんでした。

　一方の『皇警記録』では、中橋中尉は司令部から巧みに脱出し、宮城正門、つまり二重橋の方へ向かったようで、この後にまことに妙な記載があるのです。

「……出門に際し部下守衛勤務中の某少尉同門より（中橋が）出門するを拒否せむとするや、中橋中尉は隠し持ちたる拳銃を同少尉に擬して威嚇《いかく》して出門し、叛乱軍の本拠たる首相官邸に赴きたるものの如し」

　ここに出てくる某少尉が、実は大高少尉なのではないか、と私は推理しています。これまで、この互いに拳銃を抜いての対決は、中橋中尉が「宮城占拠計画」を完遂するためのものであったと見ていましたが、そうではなかった。中橋中尉が宮城を脱出するときの一場面に過ぎないと見ることができます。いささか拍子抜けの感がありますが、『皇警記録』

に基づけば、そう推理するほうが理屈にあうように思われるのです。

　これらの流れを踏まえると、中橋中尉が六時三十分に司令部に連れていかれて、そこから八時までおよそ一時間半にわたって門間司令官との押し問答を続けていたと考えるのは多少無理があります。時系列で考えると、中橋中尉はどんなに遅くとも、午前七時前には正門より宮城を出てしまっていたと推測できるのです。

「宮城占拠計画」の新たなイメージ

と、ここまで『皇警記録』に目を通しながら、私は一つの考えに行き当たりました。青年将校たちが企んでいた「宮城占拠計画」は、そこまで大それたものではなかったのではないか――ということです。つまり、大量の兵力を投入して宮城の門全てを強引に制圧するということは考えず、ただ、とりあえずは坂下門の出入りを押さえることのみが中橋中尉の目的だったのではないか、ということです。

　注目するべきは、宮城に入ってきた中橋中尉に対応した皇宮警察の佐野警部の証言です。彼によれば中橋中尉は、「極めて冷静で、高橋是清邸襲撃という大罪を犯した直後とは信じられない状態だった」というのです。この中橋中尉の様子からは、これから火力を使ってでも「宮城占拠」という革命を起こそうという緊張感が感じられません。

そうなると、高橋是清邸襲撃も、宮城での任務の負担が低いため、同時に任せることができたと考えることができます。それに、せっかく宮城内に入った今泉少尉以下の七十余名が、完全武装はしているものの、実弾を一発ももっていなかったことにも理解がつくのです。

それでは宮城全体を武力をもって制圧せずして、蹶起軍の将校たちはどのように軍事クーデタを成功させるつもりだったのでしょう。

ここからは推測ですが、蹶起将校たちは「武力をもって宮城を制圧しなくても、昭和維新はスムーズに実現する」との確信をもっていたのではないでしょうか。

前出の「文春座談会」を読み返してあらためて気がついたのは、蹶起将校たちに共通する「われわれの気持ちを訴えれば、天皇陛下はすぐに理解してくれ、昭和維新を主導してくれるに違いない」という自信です。

蹶起には参加していないのですが、歩兵第一連隊に山口一太郎という大尉がいて、彼は本庄繁侍従武官長の女婿でした。山口大尉は皇道派の青年将校たちの理解者、いや、むしろ先導者で、常日頃から彼らに「天皇陛下はお前たちの気持ちはよく分かっている。事件を起こした際は私が本庄侍従武官長に説明し、それを本庄侍従武官長が天皇陛下に上奏すれば、陛下はすぐにお前たちの味方になってくれるだろう」と話をしていたようです。この考えは、本庄侍従武官長、山口大尉を通して、蹶起将校たちや下士官まで広がっていたのではないでしょうか。したがって蹶起将校らは、皇軍相撃という武力を駆使しての「宮城占拠」などという大それた行動は起こす必要がないと考えていたのだと推測できます。革命ではなくあくまでも「維新」であったのです。

　ですから「文春座談会」で、生き残りの青年将校はこんな発言をしているのです。

「本庄さんが天皇に上奏して、そのご内意をうけたら、それを侍従武官府を通して中橋中尉に連絡する、中尉が（警視庁の屋上にいる）私に連絡して、わが歩三の大部隊が堂々と宮城に入り、昭和維新を完成する、これがあらかじめ組んだプログラムだったんですよ。つまり中橋さんは連絡係」（湯川元少尉）

「第一、天皇がご自分のご意思を、直接に宣明されるとは思ってないですわな。当時の憲法によると、内閣の輔弼《ほひつ》をもって統治するのだから、陸軍大臣の責任ある助言と方向にたいし、それでよかろうとおっしゃるのであって、暴徒だとか、凶悪なものだとか、そうおっしゃるなんて思ってもみない。ご自分のご意思をいわれる方が間違いだと思っていたで

すよ」（常盤元少尉）

入門・出門記録で判明した空白時間

だからこそ、事件を知った直後の天皇陛下の反応は、彼らにとって全くの想定外だったでしょう。

事件の情報が天皇陛下の耳に入ったのは、午前六時二十分。その少し前、宮城内に控えていた甘露寺《かんろじ》受長《おさなが》侍従が、襲撃を受けた鈴木侍従長の妻・たか夫人から事件の第一報を受けています。このたか夫人は、天皇が小さなころから面倒をみていた乳母さんで、母親同然の存在でした。一方の鈴木侍従長もいわば父親代わりとして普段から天皇の相談にのっていた。鈴木侍従長襲撃の一報に触れた瞬間、天皇が激怒したのは想像に難《かた》くありません。それと同時に、「これは軍事問題であるから、私が自ら大元帥陛下として対処する」と強い意志を示され、軍服を着て表御座所に出てこられるわけです。蹶起からわずか数時間で蹶起部隊は、大元帥陛下でもある天皇自身によって「反乱軍」とされてしまいました。

天皇は二十六日だけでも十二回も本庄侍従武官長を呼びつけ、「早く反乱軍を鎮圧せよ」と命令しています。本庄侍従武官長は、天皇の発言について丁寧に日記（『本庄日記』）をつけていました。その一部を抜粋すると、「朕《ちん》が股《こ》肱《こう》の老臣を殺戮《さつりく》す。かくのごとき凶暴の将校らは、その精神においても何の恕《じょ》すべきものありや」。天皇の怒りの凄まじさが伝わってきます。

ちなみに『皇警記録』には、二・二六事件勃発後の、宮城への参内者の入門・出門記録も残されていました。

私が注目したのは川島陸相の記録です。記録によると川島陸相は、二月二十六日午前九時三十分に平川門から入門しています。『昭和天皇実録』によってこれまで分かっていたのは、事件当日の午前十一時十三分、川島陸相が天皇に謁見し、事件について上奏したということです。つまり『皇警記録』によって初めて、川島陸相が宮城入りしてから天皇の謁見までに約二時間の空白時間があったことが明らかになりました。

一体、川島陸相は何をしていたのか。そこで、当日の流れを振り返ります。事件発生後、蹶起将校たちは川島陸相官邸を訪れて彼に面会し、「蹶起趣意書」や、陸軍内の反対派の逮捕・罷免などを要求する「要望事項」を読み上げています。そして、それらを天皇に伝えるよう、川島陸相に圧力をかけているのです。

ここからは私の推測ですが、川島陸相はそれらの「蹶起趣意書」などを携えて宮中入りし、本庄武官長と約二時間にわたり、今後についての綿密なすり合わせをおこなっていたのではないでしょうか。すなわち、蹶起軍を主体とした暫定内閣樹立への道筋を立てたのでしょう。岡田首相はこの時点では殺害されたものと見られていたので、首相の人選についても話が及んだはずです。蹶起将校たちに同情的な川島陸相自身も、「蹶起趣意書」を読み上げて蹶起軍の心情と意志を天皇に伝えることさえできれば、維新はスムーズに実現するはずだと考えていたのではないでしょうか。

　しかしその後、川島陸相は天皇に「蹶起趣意書」を読み上げて暫定内閣樹立を言上するどころではなく、「反乱軍を速やかに鎮圧せよ」と一蹴されてしまいます。陸相は呆然としたことでしょう。

　二・二六事件は蹶起将校たちにとっては、「まさか天皇陛下が直々《じきじき》に意見を示され、軍の指揮を執るはずがない」という、天皇に対する認識のズレによってうまれた悲劇であったということになります。事件そのものは、天皇が事件の第一報を耳にした瞬間にその終わりを迎えていたと言えます。

　そうなると、「文春座談会」の常盤元少尉の述懐が、いまは何とも滑稽なことのように思えてくるのです。

「つまり陛下が二・二六事件を失敗に追いこんだということですね。私は、いまでも天覧相撲にお見えになると、ああ、この方がわれわれの事件を潰したんだなあ、と思いますよ。（笑）パチパチと手など叩いておられるけれども」

以上が、新資料『皇警記録』から読み解いた、私の新しい「二・二六観」です。私は『昭和史発掘』の編集責任者でもありますし、清張さんが主唱した「宮城占拠計画」には当時から非常に共感し、納得していました。しかしこの新資料を前に、大元帥の統帥と蹶起将校たちへの新しい見方を得て、改めてこの事件に対する検討の必要があるのではないかと考えています。

（二〇一九年三月）

責任を背負って史実を書いた阿川弘之さん

私と阿川さんとのお付き合いは、五十年ほどになります。お互いに海軍の話になると尽きませんでした。それなら、泊りがけで語り尽くそうということで、一緒に平成十五年に『日本海軍、錨揚ゲ！』という対談本を出したこともありました。この時は、箱根の富士屋ホテルに缶詰めになり、二泊三日で合計十五時間ばかり海軍の話をしました。

　うちのカミさんと阿川さんの奥様も同席していたのですが、私と阿川さんがあまりにも盛り上がっているのに呆れて、「ほっといて、お散歩にでも行きましょう」と二人で出ていってしまうほどでした。

　思い出すのは食事の時間のことです。健啖《けんたん》家とはこの人のことをさすんだな、とうならされたものです。娘の佐和子さんが、亡くなる直前にもローストビーフを三枚くらい食べたと、書いておられましたが、富士屋ホテルでも、相当の品数でしたのに、出されたものはペロリとたいらげておられました。

　さすがの私も心配して「そんなに食べていいんですか」と聞きますと「君、エネルギーは食からくるんだよ」とおっしゃる。「でも、もうエネルギーなんていらないでしょう」と言ったら「頭だってエネルギーを使うんだ」。

　さらに私が「頭だってあまり使わんでしょう」と続けたら、「文春の巻頭随筆を書くのにもずいぶん使うんだよ」と返してくださる。万事が万事この調子でして、何をお話していても楽しい方でした。

　阿川さんといえば、言葉づかいには滅法きびしい方でした。方々で痛い目にあった被害者がいるのを、お読みになった読者も多いことでしょう。かくいう私もその一人です。ある原稿で、「駆逐艦雪風《ゆきかぜ》艦長」と書いたのですが、「それは雪風駆逐艦長と書くものです」と叱られてしまった。旧海軍では、舳先《へさき》に菊の御紋章のある戦艦や空母などの軍艦では「艦長」と呼びますが、紋章のない駆逐艦の場合は「長」と呼称していたからです。

「おっしゃることが正しいのはわかりますが、読者の中には知らない方もいますから、こう書いたんです」と言ったのですが、「いけません」と取り付く島もないのです。

そのような言葉への厳しさが、阿川文学の根底にあるのだな、と叱られながらも随分感心しました。

海軍用語だけでなく、雑談のときの言葉づかいもずいぶん直されたものです。たとえば、「とんでもございません」と口にすれば、「そういう日本語はない。『とんでもないことでございます』だよ」と、ピシャリ。

何々を「立ち上げる」というと、自動詞の「立つ」と他動詞の「上げる」をごちゃまぜにした日本語はない、とこれも許していただけない。

「祖国というのは国語である」という言葉が非常に好きで、日本の根底にあるのは、日本語だと信念をもっておられたからこそ、正確な日本語にこだわっておられたのでしょう。

かといって私の話す下町弁には、お小言を言われたことはありませんでした。「僕には使えないけれど、半藤君の言葉づかいを聞いていると気持ちいいよ」と褒めてくださって、恐縮しきりだったのを思い出します。

　文章を書く段になると阿川さんは、極力自分を消してお書きになっておられます。その真髄をいつか知りたいと思っていたところ、ある時、これぞという文章を読むことができました。自分で紹介するのは何やら面はゆいですが、私の書いた『それからの海舟』の解説で、阿川さんは、次のような一文を書いて下さいました。

「記述が淡々としているので読みやすく味わいが深く……」

　これを読んだ時に、私の文章の過分な褒め言葉だな、と思いました。しかしすぐに、阿川さんは私の文章を褒めてくださったというより、ご自分が理想としている文章について書いておられるのだ、と思い至ったのです。

『山本五十六』を執筆するまでの阿川さんは、「第三の新人」と呼ばれる作家たちのひとりとして、活躍していました。ただし、安岡章太郎、吉行淳之介、遠藤周作といった作家たちのなかで、阿川さんは少し雰囲気が違うなと密かに思っていました。志賀直哉さんに私淑したこともあり、大正の文壇の匂いを直接受け継いでおられたからかもしれません。

『春の城』や『雲の墓標』といった初期の小説では、後に知られる作品とは違い、戦時下の若者たちの苦悩やあきらめの中で懸命に生きようとする姿に重きを置いていました。その筆づかいの柔軟さや伸びやかさ、淡々とした記述が、全編を通読すると強烈な戦争反対の作品になっていました。

私は『雲の墓標』を初めて読んだ時、ここには「人はそのために死ぬべき価値をどうしたらとらえることができるか」というきびしい命題にたいする苦悩と答えが、見事に描かれていると感動しました。絶体絶命の状況に置かれた若者たちの霊が、この物語によって浮かばれるだろうし、自分も歴史を書く時には、兵士を一人の人間として描いたその優しい眼差しを持っていたい、と思ったものです。

『山本五十六』で総スカン

阿川さんに初めてお目にかかったのは、昭和四十年のことです。当時私は、『日本のいちばん長い日』を書いたばかり。同じ年に阿川さんは『山本五十六』を執筆なさっていました。

いまとなっては何の集いだったかは思い出せませんが、阿川さんが『いちばん長い日』

の評を雑誌の書評欄に書いてくださったので、そのお礼のご挨拶をしたのが最初です。阿川さんは、妙な顔をしながら「君にお礼を言われる筋はないよ」とおっしゃるのです。

よく考えると無理もない話です。刊行当初、『いちばん長い日』は、大宅壮一さんの監修で出していたからです。わたしはその場で、事情を説明したのですが、少し経ってから阿川さんからこう言われました。

「半藤さん。あの本は早く自分の名前にした方がいい。歴史ものを書く時は、歴史事実に対して自分で責任を持たなければいけません」

阿川さんが『山本五十六』を出された頃は、左翼平和主義が全盛の頃でした。戦後の罪悪感のみの歴史観の名残があり、私の記憶では、文壇、論壇問わず「戦前の軍人の評伝を書くなどケシカラン」とそれとなく総スカンを食っておられました。

小泉信三さんと大宅壮一さんが、単行本で推薦文を書いていましたが、逆に言うとほとんどの文壇人からは評価をされなかったのです。

私自身も社内では「戦争にうつつを抜かしているなんて、お前は姓を半藤から反動に変えた方がいい」などと揶揄《やゆ》されておりました。

そのような時代だったからこそ、史実に責任を背負って書くべきだと考えたのでしょう。

阿川さんご自身が、のちに「私の履歴書」でこのように書いています。

「幸いにして日本は、左がかりの戦後派文士たちが望むような国にはならなかった。おかげで、才能豊かならざる怠け者作家でも、何彼と美味いものの食える世の中が来た。それはよかったけれど、文壇やジャーナリズムの一部から白眼視されている感じは、今尚残っている」

この一文を読んだ時、イデオロギーが幅を利かせ、このような大作家に苦闘を強いていたことのアホらしさに、何とも言えぬ気分になったものです。

阿川文学の真髄を知る

阿川さんの歴史への姿勢を肌で感じたのは「私記キスカ撤退」のお原稿をいただいたときでした。私は会社では文芸部門に縁がなく、ジャーナリズムの畑ばかりを歩んでいたものですから、作家・阿川弘之さんの担当をしたことがありません。実は、お原稿をいただいたのは、この一度っきりなのです。

編集長をしていた『漫画読本』が昭和四十五年に休刊となり、社内浪人になってしまった時分のことです。

何もせずに禄を食《は》むわけにもいかないので、『太平洋戦争　日本軍艦戦記』というグラフィックな雑誌を出すことにしました。そこで、既に戦記文学の大家であった阿川さんにキスカ島からの撤退作戦について書いて欲しい、とお願いにあがったのです。

ところが、「すでに幾人もの人が書いている。そのうえに何を書けっていうの」となかなか首を縦に振ってくれない。こっちもこの一冊に首がかかっているものだから、最後は、拝み倒して半ば無理やり引き受けてもらいました。

締め切りまで時間がなかったため、「お手伝いしましょうか」と伺《うかが》うのですが、「結構です」と断られてしまった。

いただいたお原稿を見て驚いたのは、その丹念な取材手法でした。初出時にはすべて載せたのですが、謝辞として「元北海守備隊司令官・峯木十一郎氏、同参謀・藤井一美氏……」と二十名以上の方の名前が書かれていたのです。

文献だけでなく、短期間に当時ご存命だった関係者にはほとんど取材をしておられたのです。阿川文学の真髄である、事実をもって語らしむお原稿でした。

その姿勢はどの阿川作品でも変わりはありません。『山本五十六』では、バクチ好きの性格や愛人との手紙のやりとりも書き込みましたし、『志賀直哉』では、志賀さん本人も口をつぐんでいた兵役のがれについて書いています。『米内光政』も『井上成美』も丹念な取材をして事実を積み上げていく手法です。ご自分は歌わず、事実自身に歌わせる。私が阿川文学の最高傑作だと思っている『軍艦長門の生涯』もまた然《しか》りです。

美談だけを並べて仕立てることはせず、史実に誠実に向き合いながら、戦争の真実を描こうとする。私はその姿勢に心底感服しました。

阿川さんと最後にお目にかかったのは、平成十七年のことでした。『阿川弘之全集』の刊行に際して行った対談の場です。

文壇の話やら海軍の話やらで盛り上がり、さて今日はお開きにいたしましょう、となりました。

別れ際に阿川さんは、私を「ゲンマイくん」と中学生時代のあだ名で呼ぶんです。「なんですか、ゲジゲジ先生」とこちらも、戦時中の阿川さんのあだ名で呼び返しました。いつものような別れの挨拶かと思ったら、その日は勝手が違いました。

「もう、これで本当のさよならにしよう」と、阿川さんは話しはじめたのです。今後は、病院に入ることになっても、決して見舞いには来ないで欲しい。

「見舞いに来られても、それだけでくたびれて、機嫌が悪くなるから。これでさよならにしよう」

実に阿川さんらしい別れの言葉でした。その後、亡くなるまでの十年間、手紙や電話でのやり取りや新刊本の交換はありましたが、ついぞお目にかかることはありませんでした。いや、あえて病んだお顔を見に伺うことはやめました。

私にとっての阿川さんは、海軍の話が一緒にできるお兄さんといった存在でした。阿川さんは大正九年生まれで、私は昭和五年生まれ。ちょうど十歳違い。阿川さんにしても、昔の海軍の話を喜んで聞く、そしてべらんめいで応答する私を面白がってくださっていたんじゃないでしょうか。阿川さんが亡くなってから、ふとそのような想いが脳裏をかすめるこの頃です。

（二〇一五年十月）

私の見たアメリカ大統領たち

私がアメリカの話をしても、「半藤は昭和史に詳しいだけだろう」と思われてしまいそうですが、実は五十年以上前に訪ねて以来、何度かニューヨークやサンフランシスコに出かけたことがあります。初めてアメリカを訪れたのは、文藝春秋の編集者だった一九六四（昭和三十九）年、ちょうど前回の東京オリンピックがあった年でした。前年にケネディ大統領が暗殺され、ジョンソン大統領の時代になっていました。

そのころ、アメリカ国務省が主催して「研修旅行」という名の啓蒙活動をしていました。外国に行く機会のない日本人にアメリカのほうぼうを見せて勉強させてやろうということです。最初に私のもとに来た日程には、「ライフ」や「ニューヨークタイムズ」の編集部などが組み込まれていましたから、「アメリカのメディア文化を勉強しろ」という考えもあったのでしょう。

当時、私は三十四歳。編集者として日本の元軍人の話は数多く聞いていましたので、この機会に、アメリカ人にも戦争のときの話を聞こうと考えました。そこで当初のプランを断って、太平洋戦争でアメリカ海軍を率いたスプルーアンス提督や『モリソンの太平洋海戦史』を記した歴史家のサミュエル・モリソンなどに面会しました。

もちろん、戦争関係の取材をしただけではなく、アメリカの学者やメディアの人間たちとの会合にも数多く出席しました。ベトナム戦争の真っただ中で、どこに行っても「ドミノ理論」の話題で持ち切りでした。「ドミノ理論」とは、ある国が共産化すると周辺の国々がドミノ倒しのように次々と共産化されてしまうという考え方です。当時のアメリカ人は、アジアに共産国が次々と誕生することを本気で恐れていました。

若い研究者やジャーナリストは「共産化を防ぐためには、何が何でもベトナム戦争に勝たなければいけない」と異口同音に主張していました。しかし、戦争のあとフィリピン大使を務めたこともあるスプルーアンス提督は、「アジアの国はそれぞれ異なる事情があって複雑だ」と鋭い指摘をしていましたが、そういう冷静な意見はあくまで少数でした。

それにしても驚いたのは、どこへ行っても同じ議論が続くことです。私は「あなた方は、アジアのことを何もわかっていませんよ。ベトナムが共産化してもタイやマレーシアがすぐにそうなるとは限りません」とそのたびに反論したのですが、ちっとも埒が明かなかった。毎回同じ質問に私が同じ答えを繰り返すものだから、しまいに通訳がすっかり私の言い分を覚えてしまい、こっちが口を開く前に私の意見を伝えるようになってしまいました。

この時、アメリカでも、いったん流れができてしまうと、世論が一色に染まりやすいんだなと痛感しました。考えてみれば、真珠湾攻撃のあと、「リメンバー・パールハーバー」のもとに一致団結したお国柄でもある。アメリカは自由主義でなんでも言えるイメージが強いのですが、流されやすいのは日本とさほど変わらないと思ったものです。

ですから、昨年（二〇一六年）の大統領選挙で泡沫《ほうまつ》候補だったトランプさんが勢いを持ち出したときに、有権者がダーッとなびいていったのも実によく理解できます。

アメリカ人は揺れ動く

トランプさんが大統領に当選したときに思い起こしたのは、一九二〇年代から四〇年代にかけての歴史です。この時代のアメリカは、「国際協調」から「アメリカ第一主義」へと急激に変わり、さらに「国際協調」へと方針が揺れ動いた時代でした。国際協調は、いまの言葉でいえば「グローバル化」にあたるでしょう。

二〇世紀初頭までアメリカはモンロー主義（孤立主義）を掲げ他国には干渉しないし、

他国からも干渉させない外交方針を貫いていました。しかし、第一次世界大戦に参戦し、ドイツに勝利したことで、国際協調の旗振り役となります。

その立役者であるウィルソン大統領は、国際連盟の発足（一九二〇年）に力を注ぎました。政府が国際協調を主導する一方で、孤立主義の伝統に慣れていたアメリカの人々の価値観は変わっていませんでした。国際化によってアメリカの利益が失われると考え、議会が国際連盟への参加を拒否したのです。それでも国際協調を推進する勢力は次第に力を持っていきました。その結果、一九二一年にはワシントン会議が開かれ、アメリカ主導で国際的な軍縮が進められたのです。

さらに一九二八年にはパリ不戦条約が結ばれます。当初はアメリカとフランスの二国間で結ばれる条約でした。ところが、アメリカのケロッグ国務長官が「不戦条約のように素晴らしいものは、もっと多くの国に参加してもらうべきだ」と主張した結果、日本やドイツなど十五カ国が参加する国際的な平和のための条約となりました。

ところが、翌一九二九年にウォール街の株価が大暴落します。これによって、アメリカは歴史的な大不況に突入して、他国のことに構っていられなくなってしまった。

その後、ウィルソン流の理想主義はどこかへ吹き飛んでしまって、保護政策にひた走ります。アメリカは一九二一年から二八年の間、世界のリーダーシップをとってはみたけれど、結局は止めてしまったのです。

この八年という時間は、アメリカを理解するためのキーワードかもしれません。近年では、イラク戦争を行ったブッシュさんの八年に辟易《へきえき》したら、核廃絶を訴えるオバマさんを選ぶ。今度はオバマさんの路線も嫌になったら、それを否定するトランプさんを選ぶ。アメリカ大統領の任期の上限である二期八年は、アメリカ人の移り気な気質を摑《つか》んだ絶妙な設定なのかもしれない、と妙に感心してしまいます。

では、アメリカが自分の国の殻に閉じこもった時に何が起こったのか。歴史はその答えを用意しています。

世界恐慌が起こり、アメリカの他国への関心が薄れると、これに合わせたようにヨーロッパの列強が自国保護主義になるという雪崩《なだれ》現象を起こしました。その間隙を縫ったかのようにアジアでは大日本帝国が一九三一年に満洲事変を起こし、中国大陸への進出を急速に進めました。ドイツでは一九三三年にはヒトラーが政権を握り、拡張政策をとって次第に近隣を侵略していきます。

この二国が国際連盟を脱退し暴走を始めたため、国際秩序は崩壊してしまいました。それでもアメリカ人は、世界で起りつつあることに目を背け続けました。

一九三九年にナチスドイツがポーランドに攻め込んでも、イギリスやフランスのように宣戦布告をしません。アメリカが再びグローバリズムに目覚めたのは、一九四一年の日本による真珠湾攻撃後のことです。

私は安易に「歴史は繰り返す」と申し上げるつもりはありません。それでも、この時代を調べてきた人間として、どうしても想像をたくましくせざるをえません。

今度も同じことが起こっているのではないか。「自国第一」「移民排斥」と同じような主張をもつフランス国民戦線のルペンや、イタリア北部同盟のサルヴィーニ、オランダ自由党のウィルダース、そしてかんじんのドイツも「メルケル去れ」の声が大きくなっている。

かつて日本やドイツが国際秩序を平気で無視して、諸条約を踏みにじって領土的な野心を燃やしたように、アメリカやヨーロッパの列強が自国の利益を競って内向きになっている間に、現状を変更しようとする国が出てくるように思えるのです。

今の国際情勢を考えるとヨーロッパではロシアが、アジアでは中国が、それにあたるかもしれません。すでに、ロシアはウクライナ領だったクリミア半島の併合を行っています。トランプさんは、現時点ではロシアのプーチンさんと上手くやろうとしていますから、クリミア併合は既成事実となるかもしれません。ヨーロッパの諸国がそれに黙っていられるでしょうか。

アジアでは、中国の南シナ海や東シナ海での台頭がこれにあたります。中国はかつての日本以上に、積極的にアメリカの作ってきた世界秩序に挑戦してくるでしょう。

ただし、見逃してはならないのは、トランプさんの「アメリカ・ファースト」はかつての「モンロー主義」とは違う側面がある点です。たとえば、現時点の閣僚人事を見ているとウォール街や石油資本の関係者ばかりが名を連ねています。さらにマティス国防長官が「狂犬（マッドドッグ）」と呼ばれているのは、昔の言い方ならさしずめ「猛将」です。戦車軍団を指揮しドイツ軍を打ち破ったパットン将軍のようにイケイケドンドンの人物がつぎつぎ入閣していると考えてよいでしょう。

これらの人々が単純な孤立主義を取るわけがありません。実際にイスラエルには相当肩入れをして、アメリカ大使館をテルアビブからエルサレムへ移すと言っている。エルサレムをイスラエルの首都と認めてしまうとアラブ諸国との軋轢《あつれき》が増すので、各国ともに大使館を置くのは避けてきました。それをトランプさんは強行する可能性がありますから、アラブにはきな臭い雰囲気が漂い始めています。世界戦争の火種がまさにここにあります。

「アメリカ・ファースト」という言葉に幻惑され、アメリカは外国に一切出張ってこないと考えてしまうと、トランプ政権の正体を見誤るでしょう。

トランプさんと安倍さんの共通点

正直に申し上げるとトランプさんと安倍（晋三首相）さんは、共通点が非常に多いと思っています。「ポピュリスト」という言い方もありますが、知恵や理性ではなく感情に訴える手法、しかも急進的な訴え方を実によく心得ています。そして、敵を作って対決姿勢を打ち出す。これは、話がわかりやすいので大衆ウケしますが、白黒の二項対立で大きな分断と緊張を生みます。

さらに、これはトランプさんに顕著ですが、人間関係を利害関係でしか見ない。人間関係を「ディール（取引）」として考えている節があります。しょせん政治も商売だと考えているから、自分の利益にならないと思えばそっぽを向いてしまう。その延長で、自分を批判するジャーナリズムが大嫌いなところもよく似ています。ここまで共通点があれば、二人の気が合うのは当然の成り行きだと思います。

二月に安倍さんが訪米をしてトランプさんとゴルフを一緒にする姿が報じられましたが、

想像以上に仲が良いな、と思いました。

特に印象に残ったのは、記者団に向けて二人が握手をして、報道陣の方に向いたシーンです。日本のカメラマンが日本語で「こちらを見てください」と二人に向かって言ったようです。それを聞いたトランプさんが安倍さんに「彼らは何と言ったの？」と聞く。すると安倍さんは英語で「Look at me（私を見て）」と答えた。それを聞いたトランプさんは、素直に安倍さんの顔をじっと見つめて手を握ったのに、安倍さんはカメラの方に顔を向けていた。安倍さんは「They say」とか一言足しておけばよかったのですが、それがないものだからヘンテコなことになってしまった。

テレビ各局がやたらに流すこのシーンを見て、そう判断したのですが、「おやおや、通訳がいなくて大丈夫か」と随分心配になりました。通訳なしで二人きりになったときもあったようです。安倍さんの真の英語力はわかりませんが、トランプさん流のまくし立てる英語で、あれやこれやと言われ、「ＮＯ」というべきところを、日本流に思わず「ＹＥＳ」などといってしまったら大変なことになりかねない。

誤訳や誤解を軽く見ると大やけどをします。ときには歴史を動かすことすらある。太平洋戦争の開戦までの日米交渉は、誤訳や意図の取り違えが、お互いの不信感を増幅させ、最後に決裂したことを忘れてはいけません。いくら仲が良くても、相手は自分の言い分を一〇〇パーセントわかってくれているなどと思わないほうがいい。

一九三〇年生まれの私が、初めて意識したアメリカの大統領は、F・ルーズヴェルトでした。気が付くと日本にとってアメリカは敵国になっていて、アメリカ大統領は「鬼畜米英」の親玉になっていました。

しかし、戦争が終わり焼け野原になった日本で、私は一つの言葉に出会います。それはウィルソン大統領が第一次世界大戦に勝利する前に発した言葉でした。

「勝者なき平和でなければならない。勝者も敗者もない平和だけが長続きするのだ」

正確なところはわかりませんし、ものの本で読んだのか、誰かに教えてもらったのかも定かではありません。それでも敗戦国の少年には、いたくこの言葉が響いたものです。

願わくば、トランプさんには、このような高邁な理想を掲げた大統領がかつていたことを肝に銘じて、世界の平和のために行動をしてもらいたいと思っています。

（二〇一七年四月）

戦争直後の荷風

『断腸亭日乗《だんちょうていにちじょう》』（以下『日乗』とする）にこう記されている。戦時下の昭和十八年四月二十四日のこと。肝腎なところだけを引く。

　午後下谷うさぎや主人和書製本師池上氏同伴にて来り話す。余が日誌二十六七冊にもなりたれば其帙の仕立を池上氏に依頼す。

この池上氏とは俳人でもあった和書製本師の池上幸二郎で、この人によって『日乗』が製本されたことがわかる。四月二十四日といえば、連合艦隊司令長官山本五十六大将が戦死した直後のことで（発表は五月二十一日）、戦勢は傾きつつあったときであるが、国力にまだいくらかの余裕もあり、まったくいいときに荷風さんはいい人にめぐり合ったものといえる。

二〇〇八年初秋、わたくしはその美しく製本された『日乗』（全篇）を、心ゆくまで賞味する幸運に浴することができた。荷風展などでケースのガラス越しに眺める機会がこれまでにもしばしばあったものの、わが掌に乗せ（白手袋をしていたが）、ページを自由にめくることができるとは、と至極満悦した一刻を過ごすことができた。

とにかく和紙に毛筆で綺麗に清書され、同じ装丁のもとにきちんと製本されている。荷風さんによっていかに戦前の日々の記録『日乗』が大事にされていたかがわかる。ところが、それらにくらべて戦後のそれは、お粗末なこと、と思わず嘆声を発したくなった。型も大小の学生用ノート・ブックに記されていて、毛筆による清書ではない。二十年十一月一日には、敗戦直後の物資欠乏で上質の和紙はなくなり筆もろくなものがないので、日記執筆を中止する覚悟をいったんは決めたという。しかし思い直したことが『日乗』に書かれている。

> 毎夜就寝前その日〳〵の事を識す戯れも今は楽しからず、日記はこのまゝ中止せんかとも思ひしがそれも何やら残り惜しく、命のあらんがかぎりまたもやよしなき事を書きつくることゝはなしぬ、

そんな情けない物資の事情もあって、日々の生活内容もさることながら、『日乗』こそはおのれの最高の作品とみる荷風さんの意思と情熱とが、戦後は完全に萎えてしまったのであろう。

しかし、それよりも何よりも、戦後の荷風は生きる意欲を失ってしまったとみるほうがいいのではないか。

もともと荷風さんは「無常感」を信条とする作家ではあった。作品や書簡でもその言葉を多く吐露している。戦中・戦後の『日乗』でもそれをいくつもみることができる。たとえばその一例。

仮橋を渡れば道おのづから城内に入る、処処に札を立てゝ旧跡の由来を掲示す、人家の門墻《もんしよう》中今猶《いまなお》維新前武家長屋の面影を残せしものなしとせず、荒廃の状人をして時代変遷の是非なきを知らしむ、況《いわん》や刻下戦乱の世の情勢を思ふや、諸行無常の感一層切なるを覚ゆ、（以下略）（昭和二十年六月二十日）

この無常感は、戦い破れて国家敗亡の戦後にはいっそう深かまったと思われる。国破れて山河あり、戦災死を覚悟しながらも荷風は生き残ってしまったのである。二十年十二月十日に書きあげられた「冬日の窓」という随筆（発表は二十一年二月）に、戦後すぐの荷風さんの心境がまことによく出ている。少し長く引用する。

> 爆弾はわたくしの家と蔵書とを焼いた。（中略）今よりして後、死の来るまで――それはさほど遠いことではなからうが――それまでの間継続されさうな文筆生活の前途を望見する時頗《すこぶる》途法《とほう》に暮れながら、わたくしは西行と芭蕉の事を思ひ浮べる。（中略）一人は宮中護衛の職務と妻子とを捨て、他の一人も亦《また》同じやうに祖先伝来の家禄を顧みず、共に放浪の身の自由にあこがれ、別離の哀愁に人の運命を悲しんだ。いづれにしても希望の声を世に伝へたものではない。

戦後すぐの荷風は、死の希求を捨てたかわりに、世俗とはよりいっそう孤絶して、放浪に徹し、いつの日にか野ざらしになることを、どうやらおのれの生き方と思い定めた。もう自分の城をもたず、爆弾で死ななかったかわりに、死神が迎えにくるまであなたまかせの風狂の徒となることを肯《うけが》ったのである。いいかえると、死ななかったゆえやむをえずただ生きていく、というギリギリの覚悟といったらいいか。

戦後の、きちんと装丁されていない大学ノートの『日乗』は、今日も死ななかった、という余残の日々の溜息を記すには、ほんとうにふさわしい体裁を保っているといったらいいか。

（前略）粥腹のひもじさ堪がたければ昼夜臥床に在りて読書に時間を消するのみ、あまり寒くならぬ中、何か一二篇筆とりて置かむものと思へど空腹の為その気力にも乏しくなれり、読む書物とてもなければ、帝国文庫本高僧実伝をひらき見る、さして興なければど読ざるにはまされり、死なざるが故に已むことを得ず生きてゐるとはかくの如き生涯を言ふなるべし、（後略）（二十年九月二十二日）

これは熱海での仮住居のころ。あるいはまた、市川に移ってからの、午前うさぎや来話。深更かすかに除夜の鐘の鳴るをきく。いづこの寺にや。本年は実に凶年なりき。六月に蔵書の大半を盗まれ年末に至りて扶桑書房の為に十六万円の印税金を踏み倒さる。而して枯れ果てたる老軀《ろうく》の猶死せざる。是亦最大の不幸なるべし。

（二十二年十二月三十一日）

深々とした「死なざるが故に已むことを得ずして生きている」絶望感がこっちの胸に響いてくる。

それだけに戦前には山ほどもあったのに、戦後の『日乗』をパラパラしていて、そこにつけられていたたった一つの朱点（岩波旧版全集では●印）が気になってたまらなくなった。戦前の●印は「概《おおむ》ね女性に関係ある記載」（秋庭太郎説）ということで解決ずみのようであるし、戦後には朱点はなくなってほとんどすべて○印。これは艶福とは無関係とみるのが正しいようである。が、そのなかにぽつんと二十二年二月二十七日の項には、明らかに朱点がつけられていた。

引用は略すが、この日、荷風さんは久しぶりにいくらかエロチックな体験をしたらしいことが推察できる。ところは新小岩の〝赤線〟東京パレス。そうか、荷風さんもやむなく人生をひきずってきているが、ときには生命の炎を燃やすときもあったのか、と大いに祝福する気になった。そして、ずっとその想いをいだいてきた。

　ところが、ごく最近になって、吉行淳之介氏のエッセイ集『不作法紳士』（集英社）のなかの、氏が東京パレスに遊んだときのことを書いた「荷風の三十分」を読んで、しばし憮然《ぶぜん》となった。

> （前略）私は後日、荷風の相手をしたという女の部屋に上ったことがある。これは嘘か本当か分らないが、その女のいうには、荷風は女のそばに軀《からだ》を横たえて、じっと抱きしめるのだそうだ。なにもしないでただじっと横になっていてきっかり三十分経つと立ち上って身支度する。そして、三百円置いて帰ったという。当時、一時間五百円、泊まって千円から千五百円が相場であった。

　時に荷風さんは、と年齢を書くのは悪趣味であろう。じつはその二日前に、『日乗』によると同所をあらかじめ探索して、「半時間金百円一時間二百円。一泊夜九時より八百円、十一時頃より六百円」とちゃんと調べはついている。それで三十分間で三百円とは大いにはずんだものと考えられる。「当時は」と吉行氏が書くのは、当の御本人が登楼したときの相場ではないか。それにしても、はじめはやや憮然としたものの、いまは「死なざるが故に已むなく生きている」荷風さんの悲痛が、惻々《そくそく》として感ぜられてならない。

（二〇一〇年五月）

第二章　歴史あれこれ

『古事記』と『日本書紀』

「夜須美斯志　和賀意富岐美能　阿蘇婆志斯　志斯能　夜美斯志能　宇多岐加斯古美　和賀爾宜能煩理斯　阿理袁能　波理能紀能延陀」（九八）

『古事記』雄略《ゆうりやく》天皇の巻の歌である。原文ではほとんどの人が読めまい。わたくしだって読めない。すなわち、

　やすみしし　我が大君の　遊ばしし　猪《しし》の　病猪《やみしし》の　唸《うた》き畏《かしこ》み　我が逃げ登りし　在《あり》丘《を》の　榛《はり》の木の枝

と読む。雄略天皇ご自身の作、ということになっている。

〈狩りにいき、見事に猪に矢を命中させたら、猪めが手負いゆえに鼻息も荒く突進してきた。慌てふためきそこにあった丘の榛の木に登って、やっとの想いで逃げのびたことよ。〉

雄略天皇といえば〝勇猛〟で知られている。その天皇がオタオタ逃げまわったと、ユーモラスな話である。

でも、どことなく不自然さを初めて読んだときいらい感じていた。「やすみしし」という枕言葉をつけ、自分のことを「やすみしし大君」というのは妙チクリンであるし、「遊

ばしし」もズバリ敬語である。天皇が自分の失敗談を客観化して歌ったもの、としてもいいけれども、無理を通して道理が引っ込むの感は免れない。

ところが最近になって、同じ歌謡が『日本書紀』にあることと知って、これあるかな、と大いに安堵《あんど》した。こちらのほうでは、天皇につき従う臆病者の舎人《とねり》の作となっている。

〈大君のお供で狩りにいったら、大君に射られた猪メが何と勘違ったか、このオレのほうへ猪突猛進してきたではないか。イヤハヤ、あまりの恐ろしさに、丘の榛の樹の枝に飛びついてやっとのことで助かったよ。〉

このエピソード一つを見ても、『古事記』と『日本書紀』の微妙な違いがよくわかる。つまり、外国向きを意識し工夫して作られた後者のほうが、たしかに合理的に書かれている。

しかし、理屈はそうであるが、勇猛をもって鳴る天皇が猪に追っかけられて、尻に帆かけて逃げまわるの図を想像するほうが、ずっと楽しくていい。また事実はきっとそうであったに違いない。カッコウつけた史書よりも、ザックバランの史書のほうが、実は、真実がいっぱい埋まっているものよ。

（二〇〇七年八月）

腹を切るということ

二〇〇〇年六月に拙作『永井荷風の昭和』が文庫になって、二度目のお目見えをした。荷風さんの厖大《ぼうだい》な日記をネタに、昭和史の裏の部分を探索しつつ楽しくふり返り、ついでに荷風さんその人の人物論やら小説論をもやってやろうという欲ばった作品である。――とPRをやった上で本題に入る。

荷風さんは、その日記のタイトルを『断腸亭日乗』としている。日乗とは日記を漢詩的にいったもの、そしてみずからを断腸亭主人と号していた。で、話題はいまどきはあまり見かけない「断腸」という言葉である。ハラワタを断つ、とは、どんな意味なのか。

その昔に漢文の授業をうけた人、あるいはいま詩吟をうなっている方ならば、天神さま菅原道真《すがわらのみちざね》の「九月十日」をただちに想起することであろう。

去年の今夜　清涼に侍す
秋思の詩篇　独り断腸

……………

つまり断腸とは、漢詩文における痛切な悲哀の表現のなかの、もっとも代表的な詩語なのである。荷風さんは漢学に通暁していたから、そこから「世をはかなみ悲しむ男」の記録と気どって、日記の題名としたのである。あるいは、中国の詩人白居易《はくきょい》（白楽天）の詩「暮に立つ」をふと想いだしながら命名したものなのかもしれない。

　大むね四時　心すべて苦しきも
なかんずく腸の断つは　是《こ》れ秋天

……………

秋の悲愁哀愁をうたった傑作として、日本にも早くから伝わってきた。面白いことに『源氏物語』蜻蛉《かげろう》の巻に、この詩が引用されていて、紫式部はこれを「なかについてはらわたたゆるは秋の天」と訳している。

ところが白居易のこの詩は、漢詩文の詩語にとどまって、ついに日本の和歌や俳句の詩語にはならなかった。そのわけは、どうやら農耕民族としての古代日本人が五臓（肝・心・脾・肺・腎）と六腑（大腸・小腸・胃・膀胱・胆・三焦）という言葉はあっても、人間や鳥獣の内臓への関心があまりなかったためらしい。腸《はらわた》を断つほど悲しい想いに理解がいたらなかったから、であるというのである。そう教えられて、なるほど、と納得がいった。ついでにいえば、日本文化に断腸の想いがなかったゆえに、アジア各国の狩猟民族にある刑罰としての去勢（たとえば中国の宦官《かんがん》の制度）が根づかなかったといえる。なんて、酒場で得意になって一席ぶったら、友がきびしく問いただしてきた。

「じゃあ、聞くが……腹を切ってハラワタをつかみだす〝切腹〟はどうなんだ。日本人独得の作法じゃないのか」

これには、残念ながら即答できず、酒友たちのいい笑いものと相成った。

これが残念至極で、後日、そもそも切腹はいつから特有の作法となったのか調べるために、『平家物語』を読み直してみることにした。源平合戦あたりに起りがあるのではないか、と漠然ながら当りをつけて、である。恐らく合戦を絵巻のように彩るために、壮絶なるハラキリが美文で描かれているであろう、と思ったのであるが……。

読むほどに、源平の男どものけじめをつける明快な生き方死に方に、武者振いを何度もさせられたが、なんと、武者たちの最期を飾る切腹がほとんどないことに、いささかア然とさせられた。全篇をとおして名前のある死者は約百二十名、うち腹をかっさばいて死んだのは五名でしかなかった。

巻三で前関白藤原基房《ふじわらのもとふさ》の家臣が二名。巻四では源三位《げんざんみ》頼政《よりまさ》の家来の滝口競《きおう》が負傷して腹を切って死ぬ。巻九の木《き》曾《そ》義仲《よしなか》の家臣の越後中太家光の諫死《かんし》。最後の決戦を前に、女にうつつを抜かした義仲が、別れを惜しんでなかなか出てこない。家光は「四手（死出）の山でこそ待《まち》まいらせ候はめ」と壮烈に腹を切る。義仲もこれにはさすがに感じ入って出撃を決意する。そして巻十二、平知盛《とももり》の末っ子知忠の遺骸を膝の上にのせ、十念をとなえつつ切腹して果てるめのとの紀伊次郎兵衛の切腹は、まことに哀れである。以上五名。

ところでもう一人、巻四で「その日を最後とや思はれけん、わざと甲《かぶと》は著《き》給《たま》はず」猛奮戦した源三位頼政も入れると、六名になる。かれは宇治の平等院で、「埋木《うもれぎ》の花さく事もなかりしに身のなるはてぞかなしかりける」と歌をよんで、

「太刀のさきを腹につき立て、うつぶさまに」

ぐっと腹を貫いて、堂々の死を敵に示して逝った。これも切腹としたほうがいいか。

――というわけで、日本人にはもともとは切腹という自害方式がなかった、と判断していいかと思うのである。

ところが、これが時代が下っての南北朝時代となると、仰天することになる。『太平記』である。同じ戦記ものがたりなのであるが、ここではびっくりするくらい多勢の武者が、

いっせいに腹を切って死んでいる。北条氏滅亡のさいの場面、鎌倉でのハラキリが二百八十三人。これを筆頭にして、わたくしには数える気も失せてしまったため、奇特にもかわりに数えてくれた人がいる。その計算によれば、じつに二千百四十人になるという。いやいや、名なき郎党《ろうとう》をいれると、もう五千人を優に越えるらしいのである。結果を聞かされて、感謝の言葉もだせず、わたくしはウムと唸《うな》ったきり。

　平家なり太平記には月も見ず

芭蕉の高弟宝井其角《たからいきかく》の句であるが、まったくそのとおり。語りすすむにつれてほんのり空に月がでる『平家物語』と違って、『太平記』にはそんな情緒たっぷりなところがない。人の心も時世も殺伐無残となってから、月のかわりに、日本には切腹がでてきたようである。江戸ッ子流に「野暮は嫌だね」で、やっぱり人は風流心を忘れてはならないのである。

（掲載年月不明）

暑気払いは八の字尽くし

酷暑の八月も今日で終わる。で、暑気払いに八字尽くしののんびりした話を。

古くから江戸は八百八町、大坂は八百八橋といった。事実はかなり違って江戸のほうは天正十八年（一五九〇）八月の家康江戸入城にあやかった数字で、実際は千を超える町があった。大坂のほうは江戸時代に約二百の大小の橋が架かっていたそうな。

これは「八」が末広がりで目出たいからで、要するに、数が多いことの意、実は六でも十でもよかったのだ、と説く人が多くいる。

本居宣長《もとおりのりなが》の『古事記伝』が代表で、八は七八《ななつやつ》と数える八《や》ではなく弥栄《いやさか》の弥《いや》の縮まった言で、ただ数多いことなり、と説き、

「然《しか》るを神道には八の数を尊むなど云《いい》て、此《この》数に就《つい》て種々《くさぐさ》云ひなすは、皆例の漢書言《からぶみごと》にて、都《すべ》て古《いにし》への意にあらず」

つまり、中国伝来の余計な解釈を「八」にもたせることは誤りだ、と断言する。

それはもうそのとおり。『古事記』（岩波文庫）をパラパラすると、そんな気が強くしてくる。

そこで神話のおさらいなのであるが、天地開闢《かいびゃく》、イザナギ・イザナミの二神が天の御柱《みはしら》

と「八《や》尋殿《ひろどの》」を見立てたことにはじまって、「大八《おおや》島国《しまぐに》」を生む。つづいて神々の誕生で、これが「八《や》百万《およろず》の神々」である。天照大御神《あまてらすおおみかみ》の天の岩屋戸にさし籠《こ》もりの話では、天宇受《あめのうず》売命《めのみこと》の舞踏に「八百万の神共に咲《わら》ひき」という賑《にぎ》やかさ。そしてここにでてくる神器が「八《や》咫鏡《たかがみ》」と「八《や》尺瓊勾玉《さかにのまがたま》」である。

ついで須佐之男命《すさのおのみこと》の「八《や》俣《また》の大蛇《おろち》」退治では、びっくりさせられるほど「八」尽くしの構成になっている。

とにかく日本の神話にはことほど左様に八、八、八の字ずくめ。それで単に数の多いことを示す六でも十でもいい「八」なのであろうか、と若干は宣長に異議あり、といいたくなってくるが。

ところが、話を江戸が舞台の落語にすっ飛ばすと、「夢金《ゆめきん》」の一席のマクラで、八という数字について滔々《とうとう》とやっている。

「エー、とにかく何でも度のわからないもの、数の知れないものは、日本では八の数で止《と》めようとするようでありますな。国会議員センセイの嘘八百に発しまして、将軍様の石高《こくだか》を八百万石、江戸は八百八町、いちいち数えていられない、とにかくいっぱいあるんだ、というときにゃ八を使うわけでありましてな」

そして以下、大八洲国《おおやしまのくに》、八十八の米寿の祝い、ほととぎすの八千八声、吉原の土手八丁、ひとり娘に婿八人、義経の八艘《はっそう》飛び、そして戦争中の八紘一宇《はっこういちう》エトセトラ。となると、宣長説が正しいか。そして、あの戦争が八月に終わったのは……いや、やっぱり偶然であったのだな。

（二〇一九年八月三十一日）

楠正成のこと

昨年の暮、皇居前広場を散策する機会があって、思いもかけず楠正成《くすのきまさしげ》公に対面した。猛る駻馬《かんば》の手綱をグッと引き締め、相変わらずいかめしい顔をしてござった。悪ガキ時代、何度か最敬礼した覚えのある「ああ忠臣」の銅像である。忘れていたのは、失礼千万なことと詫びて、呼びかけた。

「いまの日本の状態じゃそのうち出番がきます。もう少しのご辛抱を」

されど、銅像はよう返事もせず。

とたんに、『太平記』赤坂合戦の章の「菊水《きくすい》の旗二旒、松の嵐に吹き靡《なび》かせ」云々《うんぬん》が口をついてでてきて、自分でもびっくりした。半菊に水を配す楠正成の旗印、そこに書かれているのはたしかに「非理法権天《ひりほうけんてん》」の五文字。この旗を靡かせて基地を出ていく潜水艦のニュースをみて、胸を熱くしたのはいまから六十余年前である。往事茫々《おうじぼうぼう》とはこんなときに使う言葉である。

さて、この五文字。これをいちばん最初に解説したのが、二宮金次郎のち尊徳翁《そんとくおう》。ご存じであろうか。勤倹貯蓄・刻苦勉励の精神ばかりが〝手本は二宮金次郎ちゃん〟ではないのである。

「非は理に勝つこと能《あた》はず、理は法に勝つこと能はず、法は権に勝つこと能はず、権は天に勝つこと能はず、天は明にして私なし」

と、いまじゃ何のことやら珍紛漢紛《ちんぷんかんぷん》の解釈をして、これをさらに、

「たとえ理ありとても頼むに足らず、権に押さるることあり、理を曲げても法はたつべし、権をもって法を圧すべし。然れども天あるを如何《いかん》せん」

と教えたのである。そして、

「要するに、箱根八里は馬でも越すが、越すに越されぬ大井川とおんなじだ」とつけ加え

たという。

つまり知恵（理）とか、弁舌（法）とか、権力（権）とか、それらをどんなに駆使しても、ついに越えられないものがある。それは天。すなわち二宮尊徳流にいうと、人間の誠実さということになるそうな。

いやはや、戦争中に教えこまれた正成像は、実は間違いであったのか。楠正成で尊ぶべきは忠義なんかではなく、人間的誠実さということなりと。これは訂正せねばなるまいと思って仰ぎみたが、銅像はガッと眼を剝いてわたくしを睨みつけるだけであった。

（二〇〇七年三月）

トキの声

某月某日。

チョコチョコと戦国時代の合戦のことを書いて、ある雑誌に発表したら、読者からえらいお叱りをうけた。

「お前の文章には〝刀折れ矢尽き〟とあったが、これは奇怪《おか》しい。〝矢尽き刀折れ〟が正確なのではないか。これからはよく考えて書かれたい」

エッ、と、思わずしばし考え込んでしまった。普段から何の気なしに使っているが、いわれてみれば、フムフムその通りというしかない。合戦場ではまず矢や鉄砲の飛び道具が互いに使われる。しばしやり合って、突っ込め、となって、白兵戦となり刀槍での斬り合い突き合いとなる。したがって順序からいえば、まず矢が尽き、それから刀が折れるのが当然である。

読者のなかには、どうしてどうして注意深い御仁がおられるものよ。心すべきことにこそあれ。

某月某日。

戦国時代における合戦の勝者は、かならずエイエイオーとトキの声を挙げた。このトキとは何んぞや。

「昔の日本人はナ、村々の氏神さまに勢ぞろいして総参りまたは勢参りするとき、神前に恭《うやうや》しくいっせいに礼拝をし、帰るとき一同がウォーとかウワーとか大声を挙げるのを常とした。これをトキの声、あるいは鴇《とき》の声といったんじゃな。このトキをあげるとき、エイエイと掛け声をかける地方もある。いっそう威勢がよくなるからな。で、これが戦場でのエイエイオーの鬨《とき》の声となったっていうわけよ」

越後の古老から聞いた話である。神社詣でのとき、氏子が勢ぞろいしていますと、神に示すために一斉に大声を挙げる理屈は納得できる。とすると、合戦場でのエイエイオーは凱歌ではなくて、神さまへの感謝の雄叫《おたけ》びということになる。

川中島の合戦で、大打撃をうけながら、どうにか戦場に残った武田信玄軍が、勝軍地蔵菩薩、勝敵毘沙門天王《びしゃもんてんのう》を祀《まつ》り、摩利支天《まりしてん》の陀羅尼《だらに》を三度唱和し「天下太平、国土安泰、万民安全、怨敵退散」を信玄が高々と叫ぶ。そして最後に、全軍が一斉にエイエイオーの鬨の声を挙げた、と『甲陽軍鑑《こうようぐんかん》』にある。これは勝鬨ではなくて、神さまへの感謝であったのか。

（二〇〇七年十二月）

川柳「徳川三代」

暇にまかせて、古川柳の本をパラパラしていたら、関ケ原合戦を題材にしていると考えられる句にぶつかった。

　尻から金と打たれて石田負け

「金」は将棋の金で、金吾《きんご》中納言小《こ》早川《ばやかわ》秀秋《ひであき》に掛け、「石田」も石田流といって将棋の戦法。天下分け目の合戦で石田三成は、秀秋の裏切りで大敗。まこと不運な、人望なき武将であった。

ＮＨＫ大河ドラマ「葵　徳川三代」が、ジェームス三木さんの脚本のよさもあり、主役の津川雅彦（家康）、小川真由美（淀君）御両所の嫌味ったらしい名演技も加わり佳境に入っている。で、尻金の一句から、川柳・徳川三代を見つける探偵をおっぱじめた。

捜索中、亡き俳人の上田五千石さんが「俳句はつねに自分のこと、川柳はきまって他人のことを詠む」といっていたのを思い出す。結果は、他人を冷やかすことで力を発揮する愉快な川柳が多量に集まり、すこぶる気をよくした。ここにはそのごく一部を。

　猿は暮れ虎は日の出の御開運

猿（秀吉）→申《さる》の刻（午後四時）で日は没する。あとを引き受ける虎（家康）は寅の刻（午前四時）で、まさに日の出の勢いなんである。その前に立ち塞がらんとするのは淀君である。

淀君は帳台浅く出てしゃべり

几帳《きちょう》を張りめぐらした貴人の座から乗り出して、淀君はしゃべり過ぎ。気が利いた臣下はついていけず、小林稔侍（片桐且元《かたぎりかつもと》）がただひとり、口をひん曲げながら、必死に頑張る。が、

片桐がためには茶々の局《つぼね》なり

「茶々を入れる」何事にも淀君が出てきて且元の孤忠もハイそれまで。坪内逍遥『桐一葉』の且元は「蕭条《しょうじょう》たる天地の秋、是非もなき定めじゃなあ」と名セリフを残して大坂城を去る。かくて冬の陣につづいて夏の陣で、豊臣家は滅亡。ところで、最後を飾る勇戦の真田幸村がいまのところテレビには出てこない。この人なくては大坂の陣は面白くないと思うのであるが……。

幸村は生きる気でない紋どころ

女さかしうして六文をただ遣ひ

真田の紋どころの六文銭は三途の川の渡し銭、棺に入れる風習をひっかけて、決死の覚悟とする。この一句はなかなかの傑作である。そして女の浅知恵はあたら名将を無駄死に。ああ。

（二〇〇〇年七月）

男子が元服するとき

二十歳であった成人を十八歳にしたほうがいいのではないかと、ちかごろ論議がやかましく交わされている。

書くまでもなく人生の四大礼は冠婚葬祭。とくに冠（成人）すなわち元服は、最初の儀式として大事にされた。

そも元服とは、昔は男子が十五、六歳ごろに、前髪を指二本だけ剃り落とし、大人の髪を結い、冠親《かんむりおや》から成人のしるしの冠をうやうやしくつけてもらう。その式の荘重さは四大礼のうち随一であった。こうして一人前の冠者《かじゃ》が世に出ることになる。

この冠者という言葉から連想されるのは、狂言で、「太郎冠者あるか？」「おん前に」なんていって出てくる太郎冠者のこと。こやつは、なるほど、元服ホヤホヤの若者のことなるか。

源平以後の武家時代となると、冠のかわりに烏帽子《えぼし》を用いるようになる。で、冠親ではなくて烏帽子親とよばれるようになる。しかも一門のなかでもっとも重きをおかれる人が厳選され、権威をもつようになった。

その武家の記録によれば、源実朝が十二歳、武田信玄が十六歳、織田信長が十三歳、徳川家康が十五歳と、ほぼ常識的な年齢で元服している。なかには極端に早かったり、遅かったりしているものもいる。早いほうでは徳川四代将軍の家綱と七代将軍の家継がともに五歳。遅いほうの、足利六代将軍の義教《よしのり》三十五歳にはただビックリ。

これが堂上公卿《どうじょうくぎょう》となると、維新前までは、三歳から稚髪してほぼ七歳で元服している。同時に眉毛を剃ってつけ眉毛を貼り、歯を黒く染めたと古文書に書かれてある。さりとて公卿たちが七歳にして酒を飲んだかどうか、残念ながら文献にはない。

ついでに、女子の場合は？　元服はもちろん、ない。かわりにマユハライというお公卿さんの元服とよく似た儀式があった。やはり七歳ごろに、眉毛を抜くか剃るかして大人になる。男子の冠親にたいして、女子では毛抜親といったらしい。そして人妻となってはじめて歯を黒く染めるのである。

さて、冠者は二十歳がいいか、十八歳のほうがいいか、なんて議論は、得票の関係で議員センセイが熱心におやりになるがよろしかろう。いまさらどっちでも大して関係ないとみるが。

（二〇〇八年五月）

トイレあれこれ

今回はプンプンあたりがくさくなるような話で恐縮である。ちかごろ探偵したことを書く。日本語の豊富なことを立証するため、というと恰好《かっこう》がいいが、要するに退屈爺《じじ》いの時間つぶしの屁みたいな講釈である。

主題はトイレを表現する日本語について、である。まず厠《かわや》が思いあたる。ついで便所がくる。御不浄《ごふじょう》、はばかり、手洗い、雪隠《せっちん》、川屋（河屋）ときて、ちょっと立ちどまる。そうだ、手水場《ちょうずば》があった。つづいて閑所《かんじょ》、後架《こうか》、便室、東司《とうす》、厠牀《ししょう》、糞舎《ふんしゃ》がどうやら浮かんできた。それでガクンとなる。頭をふっても叩いてもでてこない。

武田信玄は戦いの細かい戦法を雪隠でひとり考えることが多かったという。それも長時間に及ぶので、家臣たちはひそかに、雪隠を山とよんでいたらしい。そのわけが、草木

（臭き）があるから、であった。山はいつか信玄の陰の呼称となり、信玄の出陣命令が下ったとき、武田の将兵は「山が動く」といった。こんな話があるから、山もトイレの仲間に入れてもいいか。

そんな信玄の故事から、思案所、閑考所といういい方もあったな、と思いついた。隠所、休所ともいったはずだと、がぜん元気をとり戻す。

さらに「山が動く」からの連想で、芥川龍之介の随筆のなかに「徳川時代の人諸侯は、参観《さんきん》交代の途次旅宿へとまると、必大恭《だいきょう》は砂《すな》づめの樽へ入れて、後へ残さぬやうに心がけた由」と書かれていたのを想いだした。

さては、糞のことを大恭ともいうのかな。

ともかくお偉い方の排泄物は丁重にもち運んで、旅宿なんかには残さない。威厳とか高貴さとかを保つためには必要なことであった。

幕末、皇女和宮《かずのみや》さまが将軍家茂《いえもち》に降嫁すべく江戸に下ってきた。このとき特記すべきは五十人もの人夫が交替でかついだ「御仮舎」。花も羞《は》じらう和宮さまご専用の、これぞトイレと湯殿つきの六畳二室である。ついでにいえば、当時は、高貴なご令閨《れいけい》さまたちは、尻拭き同伴で厠に入るのが慣例である。彼女たちのお手は決して不浄なもので汚されることはなかったのですな。

春日遅々――。

（二〇一二年五月）

『犬筑波集』のすすめ

誰でもが知っている句からはじめると「ぬす人をとらえてみればわが子なり」がある。もう一つ、「それにつけても金の欲しさよ」。いずれも『新撰犬筑波集』の編者とみられる山崎宗鑑《やまざきそうかん》の、得意とする微苦笑の世界である。前の句には下の句として「斬りたくもあり斬りたくもなし」があり、「それにつけても」のほうは、彼が「どんな上の句にもピッタリくる下の句があれば教えてほしい」と頼まれて、すらすらと詠んだものといわれている。ご存知の方も多かろう。

さて、山崎宗鑑は室町末期から戦国時代にかけての人。足利義尚に仕えた武将であった。義尚の死にあって無常を感じ剃髪したが、世を捨ててかえって、生きづらいのがこの世ならいっそう愉快に生きてやろうと、滑稽の連歌、反逆の連歌師になることを志した。連歌をふつう筑波の道という。ならばオレのつくるのは犬筑波すなわち犬連歌なり、というわけである。

そんな乱世の生んだ異端の歌を、私は鬱々として楽しめざる昨今のこの国に長生きし、もっぱら楽しんでいる。

　命知らずとよしいはゞいへ

　　君ゆゑに腎虚せんこそ望みなれ

腎虚とは、申すまでもなく房事《ぼうじ》過多のための衰弱症である。愛して愛して愛しすぎて、フニャフニャとなる。明日をも知らぬ戦乱の世ならばこそ、信じられるのは、あのことだけ。

　親に知られぬ子をぞもうくる

エッ、子供ができちまったのかい。

　　わが庭に隣の竹の根のさして

いや、隣りの庭の竹の子の話なんで。

　ひとの情《なさけ》や穴にあるらん

何の穴かいな？　と思うそばから、

　玉づさを今宵ねずみに引かれけり

綿々たる情が書き綴られた恋文が鼠に引かれて穴にもっていかれちまった。情けないこと、情けないこと。

　毛のあるなきはさぐりてぞ知る

その昔、ヘアーは公然ワイセツ罪として桜田門にしょっぴかれた。何と弁解したら許して貰えるかな。

　弟子もたぬ坊主は髪を自剃《じぞ》りして

なるほどネ。お巡りもギャフンか。

　遂に女はしたにこそなれ

まさか暴行事件ではあるまいな。

　見上ぐれば法師ののぼる比叡《ひえ》の山

という次第。楽しいじゃないですか。

（二〇一五年六月）

戦国ものの気楽さ

小説『それから』のなかで夏目漱石は、料理の話をとおして織田信長像を描いている。有名な料理人を雇ったところその作った料理がすこぶるまずい。カンカンになった信長は料理人を即座に首にしようとした。料理人はもういっぺん作らしてくれと平身低頭して頼みこみ、最高と思って作った料理がだめならば、というので、自分では二流三流の料理を作って出すことにした。すると信長は大満足、それからはしょっちゅう褒めていたという。

『それから』の主人公の代助は、いまの世はそんなもので、まともな、誠実な仕事は認められない。それで自分は怠けているという理由としてこれをもちだしているのであるが、漱石の信長観ともいえなくもないな、と昔はそう思ってこの小説を読んでいた。上品な薄味の料理よりも、こってりした味で山盛りの料理でなければ口に合わない田舎大名風の信長。ま、戦国時代の話で、どんな信長を描いたって作者の勝手で、昭和史を書くより気楽でいいな、とそう思っていたのである。

いまは、この話が江戸中期の湯浅常山《ゆあさじょうざん》著の『常山紀談』にある話であることを発見している。そこでは信長が怒って料理人の坪内某を「殺してしまえ」とまでいっている。勝手な信長観ではなく、漱石は『常山紀談』を読んで、狂気とか奇矯とみなされている信長のイメージをいくらか柔らげているんだ、と納得することにしている。

でも、戦国ものを書くことの気楽さへの羨望《せんぼう》には変りがない。NHK大河ドラマ『真田丸』を時々観ているが、まことに歴史解釈は自由奔放、ただただヘェーと嘆声をあげるだけ。そしていまは豊臣秀頼を秀吉の実子とするかどうか、それをやたらと気にしている。長男鶴松は秀吉が五十三歳、次男秀頼は五十七歳のときの子である。それで昔から実子か否か、喧々囂々《けんけんごうごう》の論争が史学者の間で戦わされている。

実は当時からその疑惑はささやかれていたらしい。ルイス・フロイスの『日本史』には、「多くの者は、もとより彼（秀吉）には子種がなく、子供をつくる体質を欠いているから云々」とその当時の様子を伝えている。まさかドラマでは真田幸村と淀どのとの間の子、なんてことになるのではあるまいな。

（二〇一六年十月）

城の異名

その昔の国鉄スワローズ時代からのスワローズ・ファンなのであるが、四半世紀ぶりのリーグ優勝をはたした広島東洋カープには、心からの祝福の言葉を贈りたい。まったく逆転につぐ逆転劇の連続には恐れ入った。

それにつけても、スワローズ、タイガース、ドラゴンズと他球団はみんな複数なのに、カープだけはカープスでなくなぜ単数なのかと疑問に思っていたら、魚類にはsはつかないのだと親切に教えてくれた人がいた。

「でも、大洋ホエールズと鯨にはsがついとるぞ」と反撃したら、「バカモン、鯨は動物だァ。魚じゃないんだ」とやられてギャフン。

そのカープ、すなわち鯉。市民球団として発足したとき、広島城のまたの名の鯉城からその名をつけたという話はよく知られている。近所の岡山城を烏城といい、姫路城を白鷺城というように、城にはかならずといっていいほど異名がつけられている。私の卒業した新潟県立長岡中学校（現長岡高校）の校歌の一節にこうあった。

〽我が中学の其の位置は／構《かま》えは八文字浮島の／兜《かぶと》の城と名も高き……

長岡城が兜城とよばれていたのはこれで明らか。どことなく立派に見えるとわれら中学生は胸を張っていた。

が、どうもカブト城と呼ぶのは間違いであるらしい。いや、岡山だってカラス城は間違い、姫路もシラサギ城とはいわなかった（らしい）。正しくは岡山はウジョウ、姫路はハクロジョウとよばれていた、というのである。するとわが長岡はトウジョウなのか。

ならば広島の鯉城も当然のこと、コイジョウにあらずリジョウということになる。

城の通称ないしあだ名というものは近世になってつけられたという。地方の大名に仕えた、漢詩文に堪能《たんのう》な文治派の諸士たちが、居城を詩文に読みこんだりしたときに、白鷺城といい、鯉城といい、烏城といって、その親愛と自負とを示した。そこに発するのであるから、漢詩の読み方で、ハクロ城であり、リ城であり、ウ城であったことになる。そしてわがトウ城である。

カープ優勝とは離れた余話になったが、これでもお祝いのつもりである。

（二〇一六年十二月）

記憶の不思議

わが孫娘が歴史の勉強だといって、徳川歴代将軍の名を一所懸命覚えようとしているのに、呆れ返った。そもそもそんなことをしているから歴史が面白くなくなるんだ、と余計な能書きをいってから、得々として一席。

「家康、秀忠、家光、家綱、綱吉、家宣、家継、吉宗、家重、家治、家斉、家慶、家定、家茂、慶喜……」

と十五人の名をソラでいってみせ、「ウワー、お爺ちゃん、スゴイッ」と孫娘からの尊敬のまなざしをうけて至極いい気分になったことがある。もう三年ほど前の話になる。

もっともそのあとで、はるか学生時代に先輩から教わった暗記極意の種明しをして、ナアーンダということで、尊敬の度合いはだいぶ失墜したが。

これは〈甲州高校よし、先生、終始小さい検定模擬試験〉と覚えておけばよい。要は名前の一字ずつを繋《つな》ぎ合わせたもので、途中少々無理なところがあるが、とにかく何とかなる。先輩はそういって胸を張った。私も孫娘にそう諭《さと》して胸を大いに張りたかったが、いまどきの高校生はそんな暗号的な覚え方は卑怯な振舞いとでも思うのか、〈甲州高校よし〉とくり返しても、てんで受けつけようとしなかった。

それにしても、老耄《ろうもう》してきたためか、どうも記憶力が減退し、人や物の名前がでてこないので閉口している。熟知しているはずなのに、七転八倒しても浮かんでこない。先日も、隅田川に架かる十二橋のうち、白鬚《しらひげ》橋の名がでてこないので、寝床の上で輾転反側《てんてんはんそく》すること一時間余、ついにでてこなかった。ボートの選手として、青春時代に数えきれないほどその下をくぐり、これほどなつかしい橋はないのに、と、ほとんど絶望的になった。それなのに$\sqrt{2}$は「一夜一夜に人見頃」（１・４１４２１３５６）とか、$\sqrt{3}$は「人並みに奢れや」（１・７３２０５０８）とか$\sqrt{5}$は「富《ふ》士《じ》山麓《さんろく》オウム鳴く」（２・２３６０６７９）とか、関係のない暗号的記憶が蘇ってでてきたりした。

オレはもうお終いかと思いつつ、これを書きながら養老孟司先生が教えてくれた言葉をふと思いだした。

「脳の中の名前の記憶を司る部屋が、もう半藤さんはいっぱいなんですな」

勝手にしやがれ！　である。

（二〇一四年十月）

日本海と東海

一七九一年、大黒屋光太夫《だいこくやこうだゆう》がロシア皇帝に謁見。一八〇四年、ロシアの使節レザノフが長崎にやって来て、通商を日本に要求する。近代日本とロシアとの国交を調べようとすると、まず最初に出てくる史実である。

このレザノフの来日は、アメリカのペリー提督が率いる黒船が浦賀に到来する四十九年前のこと。そのころの日本は、一八〇〇年に伊能忠敬《いのうただたか》がエゾ地測量を始め、翌年に本居宣長が世を去っている。ざっとそんなときで、まことに早い来日であった。

そのレザノフが乗ってきた軍艦ナデジダ号の司令官兼遠征隊長が、提督クルーゼンシテルンといい、歴史にのこる名著『一八〇三〜〇六年における世界周航記』（一八一二年刊）の著者でもある。日本でも一八二八年に、青地林宗訳『奉使日本紀行』と題されて発刊されたという。

面白いのは、わが「日本海」（英語名でSea of Japan）の名付け親がこの提督であり、この名称を世界的に認めさせ、定着させ、広めたのがこの名著なんである。ホントの話で、われらが祖先が「ここはおらが海だべよ」と誇らしげに勝手に名付けたわけではない。日本人はもともと謙譲の美徳をもつ民族であった。

謙譲といえば、クルーゼンシテルン提督もなかなかの人物である。さっさと「ロシア海」とでも命名して、江湖に問えばそれで国際的に通ってしまったかも知れぬ。そこは海の男のすばらしさというもので、けちくさい民族主義なんか微塵《みじん》ももっていなかった。

ところで、ではそれ以前に、日本人は日本海を何と呼んでいたか。古文献などで公明正大に調べてみると、どうやら「朝鮮海」としていたらしい。それにクルーゼンシテルン以前に作られた古地図にはそう記載されているとか。なるほどね、と思わせられる。

いま韓国では「東海」と呼んでいるが、これはずっと新しい呼称ということになる。由緒争いをするわけではないが、日本海を東海に、なんて要求はたちまち効能が失せる。日本では日本海と呼び、韓国では東海と呼ぶ。それでゆこうじゃないか。みみっちい民族主義を捨てよ、それがクルーゼンシテルン提督の教えでもある。

（二〇〇二年十二月）

龍馬作のドドイツ

今年のＮＨＫ大河ドラマがまた坂本龍馬。

龍馬とくると、前からホントにそうかいなという話がある。その昔、よく料亭で芸者さんの三味線にのせて歌ったドドイツである。

　何をくよくよ川端やなぎ
　水の流れを見てくらす

もう一つ、これまた有名な、

　咲いた桜になぜ駒つなぐ
　駒が勇めば花が散る

歴史小説家の矢《や》田《だ》挿雲《そううん》によると、いずれも「龍馬酔余の風懐だそうである」（維新歴史小説全集第九巻「大政奉還」）というのである。もっとも他の一説では、長州の高杉晋作の作であるとされてもいるそうな。一杯呑んでいい機嫌で詠じたものに相違ないが、どっちにしたって、思わずヘェーとなる話である。

なるほど、高杉にはほかにも有名なドドイツがある。「三千世界のカラスを殺し、主《ぬし》と朝寝がしてみたい」で、向う見ずの豪胆さと男の稚気をもち合わせている人物。高杉は風流なところが多分にあるイケメンであった。

いっぽう龍馬となると、残された手紙なんかで茶目なところのあることは十分に察せられる。が、こんな俗謡までつくれるのか？　それにこやつはあちこち飛び回るのに忙しくて、とても風流に遊んでいるヒマはあるまい、と思えるのであるが、いやいや、どうして高杉に劣らぬ風狂人士であった。

又あふと思ふ心をしるべにて
　道なき世にも出づる旅かな

なんて、恋人のお龍と別れ伏見を旅立つときに一首を詠んでいる。ほかにも短歌がいくつもある。と思えば、シャレた俚謡《さとうた》もつくっている。漢字を加えてわかりやすくして書くと、

「恋は思案のほかとやら　長門《ながと》の瀬戸の稲荷町　猫も杓子《しゃくし》も面白ふ　遊ぶ廓《くるわ》の春景色／ここに一人の猿廻し　狸一匹ふりすてて　義理も情《なさけ》もなき涙　ほかにこゝろはあるまいと

かけて誓ひし山の神　うちにゐるのにこゝろの闇路　さぐり〳〵て　出でゝ行く／とんとんとんと登る梯子《はしご》の真中程で　国を去りし薩摩の同志　楼《ろう》に上るや貧乏の春　辛抱しやんせと目に涙」

これでみれば、さきの「何をくよくよ」のドドイツも龍馬作と思いたくなる。淀川の流れを眺めながら、さきの知れない人生、生死一如《しょうじいちにょ》の感慨を寺田屋の一室で歌いあげたものか。

（二〇一〇年三月）

江戸と京都のあいだ

このほど勝海舟を主人公にした『それからの海舟』を上梓《じょうし》した。で、幕末や維新のもろもろを書いた本とつきあい、気づいたことがある。海舟や坂本龍馬や西郷隆盛らが、新幹線のある今日とは違うのに、江戸と京都の間を億劫《おっくう》がらずにせっせと、それもなかなかに速く往還している。その健脚ぶりに瞠目しないわけにはいかなかった。

江戸・京都間は、東海道で百二十五里二十丁、中仙道で百三十五里三十二丁である。東海道をかりに一日に十里で歩くと十二日半、中仙道となると難所があるので一日に八里として十七日ということになる。

のんびりした方では、将軍家茂に嫁ぐための皇女和宮の江戸下向がある。このときは東海道には由井に薩埵《さった》峠があり、「去った」に音が通じ不吉であるからと、中仙道が選ばれた。

住みなれし都路出でてけふいく日
いそぐもつらきあづま路の旅

和宮のへたくそな歌である。

そして文久元年（一八六一）十月二十日に京都を出発し、十一月十五日に江戸に到着した。お供八千人、馬三百頭、山のような調度と大花嫁行列は、一日平均五里半の速度を出すのがやっとで、かかった日数二十五日間。

たいして速い方は――慶応三年（一八六七）十二月二十五日、御用盗騒ぎを鎮圧せんと、幕府軍が三田の薩摩屋敷に焼き討ちをかけた。この報が京の薩摩屋敷にいた西郷隆盛の耳に入ったのが十二月三十日（この年は大晦日）。何と五日後のこと。薩摩藩邸に潜伏中の秋田藩脱藩の高瀬某と他一名が、その夜うまく脱《のが》れ出てそのまま京都へ馳せつけたものであったという。

もう一人、島津家のお抱え力士の十二代横綱陣幕久五郎がいる。急を知ってただちに江戸を出立し、早駕籠《はやかご》に乗り昼夜兼行でエッサエッサと吹っ飛ばさせ、京に着いたのが正月一日夜。これもびっくりするくらい速い。

お蔭で幕府軍が、薩賊一掃を目的に京都に向かって進撃を開始したときには、意図した奇襲とはならず、すでに西軍は錦《にしき》の御旗《みはた》の準備も整い、十分な迎撃態勢をとっていた。一月三日、鳥羽伏見《とばふしみ》で両軍が激突する。西郷が「砲声一発は百万の味方を得たよりも嬉しかった」と大喜びしたわけである。

（二〇〇四年一月）

「玉」の出所は？

慶応三年（一八六七）九月、訪れてきた薩摩の大久保利通に、長州の桂小五郎がひそひそと囁《ささや》いたという。

「宮廷守護が大事で、幕府側に玉を奪われてしまっては、どうにも処置できないことになりますぞ」

さらに十二月、同藩の品川《しながわ》弥二郎《やじろう》への手紙にも、桂はこう書いている。

「うまく玉をわが方へ抱きたてまつることこそが千載の大事であり、万々一にも幕府の手に奪われるようなことがあっては（中略）芝居は大崩れになって、薩長芸三藩の滅亡はいうにおよばず、ついに皇国は徳賊の所有となって、二度と回復はできない……」

あに桂小五郎ばかりではない。薩摩の西郷隆盛もそうで、「いざ鳥羽・伏見での開戦となって、すぐに玉を御所から比叡山に移すのは、かえって人心を動揺させてよくない」と大久保あての手紙に書いている。

こんな風に、幕末の西軍・薩長のリーダーは、「玉」を幕府側に渡してなるものか、と必死の形相になっていた。ここにでてくる「玉」が、睦仁《むつひと》天皇のちの明治天皇（当時十五歳）であることは書かなくてもおわかりであろう。

さてさて、いかに幼帝とはいえ「玉を奪う」とか「玉を抱く」とは何ぞや。薩長の陰謀家どもが寄ってたかって、天皇争奪に狂奔し、さながら道具の如く扱っている。この

「玉」は時と場合によっては「石」にもなるくらいの軽い意味で口にしている。怪《け》しからんにもほどがある、と東軍贔屓《びいき》のわたくしはずうーっと切歯《せつし》扼腕《やくわん》してきた。

しかし、最近はちょっと違うのじゃないか、と考えを変えた。桂や西郷の手紙をよく読むと、いずれも敬語を恭しく使っている。軽視して「玉」といっているわけではない。それに「玉」をタマと読まず、彼らはギョクと読んでいる。つまりこの言葉のもとは将棋の「王将」と「玉将《ぎょくしょう》」である、と最近になって気がついたのである。

ほんとうは上手側が王、下手側が玉であるから、王といいたいところであるが、王は王様を連想していかにも西洋風である。それで敬遠して玉と呼ぶことにしたのであろう。それに天皇のおられるところを玉座という……。

アレレッ、将棋にあらず、「玉」の出所《でどこ》は玉座のほうかも。

（二〇〇四年七月）

トコトンヤレナ裏話

近代日本の流行歌のそもそもは何であるか？　答えは「とんやれ節」。

「宮さん宮さん、お馬の前にヒラヒラするのは何じゃいな、トコトンヤレ、トンヤレナ。……」

これである。慶応四年（一八六八）春、薩長が主力の西軍が、笛や太鼓で威勢をつけ、東海道を攻め上ってくるときに歌われた行進曲である。明治日本になってからやたらに流行したという。

では作詞者は？　これにも長州藩出身の品川弥二郎なり、とあっぱれ正答がかりにできたとする。

「ならば作曲者は？」と問われて、即座にその名が想い浮かぶ人はそれほど多くはいないのではないか。どだい、昔のハヤリ歌は作詞者や作曲者が不明なものばかり。作詞者が品川とはっきりしているだけでもオドロキなんである。その上に作曲者まで……。

これが祇園の芸者の君尾という特上の美形というから、ついつい疑惑を抱きたくなる。じゃあ、何か、祇園の一亭の奥の四畳半なんかで、チョウチョウナンナンとやりながら、ふたりしてこしらえ上げたものなのか、と。

　事実はそうなんで、品川が東征軍参謀となり、いよいよ京都を出発という前夜、さる料亭で、君尾と名残を惜しみながら、酔余のザレ歌を思いつくままにつくってみた。聞いていた君尾が「アラ、シーさん、それ面白い歌どすえー」とか何とかいい、チントンシャンと即興で節をつけたんだそうな。

　そう知った上で、その四番の歌詞を読むと、われら東軍贔屓《びいき》は心底からガッカリさせられてしまう。

「おとに聞こえし関東ざむらい、どっちゃへ逃げたと問ふたれば、トコトンヤレ、トンヤレナ。城も気概も捨ててあづまへ逃げたげな、トコトンヤレ、トンヤレナ」

　それにしても、品川にそんなに卓抜した詩才があるとは思えない。その後にはとんと詩ごころを発揮した話なんかない。つくったのは一番だけ。あとは誰がつくるとなしに歌われだしたものとみる。それに君尾も勤皇芸者と名は立派なれど、高杉晋作、久坂玄瑞とも昵懇《じっこん》、井上聞多《もんた》（のちの井上馨《かおる》）の愛人であり、その上に品川ともかよ、とせいぜい悪態をつきたくなってくる。これは負け犬の遠吠えであろうか。

（二〇〇五年六月）

「馬が丸顔」

黒澤明の傑作「椿三十郎」の終りのほうで、家老に扮した伊藤雄之助が長い顎を突き出し「乗った人より馬が丸顔」とノホホンと言う。こっちも人より長い顔に生まれたせいか、あのせりふが楽しくてならない。わが映画鑑賞史上忘れ得ないシーンの一つとして、しょっちゅう想い出している。

それで調べたのであるが、もとをただすとこの言葉は、風流才子の福地源一郎こと桜痴《おうち》居士の作で、

「これはしたり　世は逆さまになりにけり　乗った人より馬が丸顔」

が原歌であるそうな。

歌われた超馬面の御仁は成島柳北《なるしまりゅうほく》である。幕末もどんづまりに騎兵奉行になった成島大《おお》

隅守《すみのかみ》は、一旦緩急に備えて洋式馬術の訓練に精出していた。それを歩兵訓練方につとめていた福地がはるかに眺め、思わず感嘆して詠んだ一首なんである。後世の風流話を効果的にもちこむなんて、黒澤監督はなかなかにイナセなところがある。

　ときどき向島は長命寺の境内にある成島柳北の碑を訪ねては、同じ深憂を慰めあっている。信夫恕軒《しのぶじょけん》が書いた碑文の初案には「面長三尺」とあった。「そりゃあんまりだ」と大槻如電《おおつきじょでん》が抗議して省かれたそうな。つい先日も久し振りに対面したが、碑に彫られた自称無用の粋士《すいし》どのは、鼻のあたりを打ち割られてペシャンコになり、超馬面が三日月状になっていっそう長く見えた。まことに遺憾《いかん》この上ない。

　それにつけても、世の悪口には、顔の長いのをうまく形容してるのが、なぜか数多い。たとえば「馬が夕立くらったような顔」とか「馬がトロロ食ったような顔」とか……。落語にもある。「子別れ」には「渋谷の道玄坂《どうげんざか》みたいな間延びした顔をしてやがって」というのがあった。また外題《げだい》は何であったか、「いやに長い顔しやがって。馬が紙屑かごォくわえたような長《な》げえ面してやがる」といううまい形容もあったと覚えている。

　現代人は、他人様の顔の造作《ぞうさく》について、あれこれ批評するのは、非人間的失礼ということになっている。個人情報保護法にもひっかかる（?）。でもピタリと言い当てた悪口ほど楽しいものはない。「乗った人より馬が丸顔」はやっぱり天下の名言であるな。
（二〇〇五年八月）

御一新と維新

越後長岡の祖母から幼いときに「高位高官だのエバッテおるがの、薩長なんてのは泥棒そのもんだて。七万五千石の長岡藩に無理やり喧嘩をしかけ、五万石を奪いとってしもうた。尊王だなんて、泥棒の屁みたいな理屈さネ」とさかんに吹き込まれて成人した。

そんな薩長嫌いのわたくしであるから、漱石先生や荷風さんが「維新」などといわず、徳川家の「瓦解」と作品でいっているのに、満腔《まんこう》の敬意を払っている。先日も、同じ江戸っ子の芥川龍之介の「雛」を読んでいて、「何しろ徳川家《とくせんけ》の御瓦解以来、御用金を下げて下すつたのは加州様ばかりでございます」という一行にぶつかり快哉《かいさい》を叫んだ。瓦解に御をつけているのもいいし、トクセンケというルビもいい。

薩長史観によって、一八六八年の暴力革命を誰もが立派そうに「明治維新」とよぶ。が、慶応、明治初年ごろの詔勅《しょうちょく》、御誓文《ごせいもん》、太政官布告《だじょうかんふこく》、御沙汰や御達しの類を眺めてみると、当時は維新などという言葉はまったくといっていいほど使われていない。

革命で徳川家を倒したものの、民草は〈やがて薩長が衝突、諸藩が動き、ふたたび天下をあげて大乱になるさ〉と思っていた。そんな民草をトコトン教育するために、まずは王政復古が唱えられる。いやいや、古きに戻るばかりなのではない、ということで、つぎに百事御一新となる。以下は、王政御一新、大政御一新、朝政御一新、旧弊御一新など、すべて御一新。

「維新」の語は、目についた範囲でいうと、明治二年九月二十六日の薩長土肥の連中に対する論功行賞の詔書で、

「朕惟《ちんおも》フニ皇道維新ハ一二汝有衆《なんじゆうしゅう》ノ力ニ資スルアリ……」とあるのが最初か。さりとてあとはバンバン維新というわけでなく、大概は「御一新」である。

そもそも中国の古典『詩経』にある維新というそのへんにない厳《おごそ》かな語を、飾りたててつけたのはいつなるか？

そういえば荷風の名作『すみだ川』に「処《ところ》が御維新此の方時勢の変遷で次第に家運が傾いて云々」とあるのを見つけてガッカリしたことがあった。でも明治四十二年発表当時は

「御維新」にゴヰッシンとルビが振ってあったそうな。荷風さんはあくまで維新拒否のつもりがあったのかもしれない。

（二〇〇八年九月）

幼名は小吉

今年は一八六八年の明治改元から百五十年で、政府は何やら大々的な記念事業をやるかといろいろと策を練っているという。それに合わせてか、この間、書店にいったらいろいろな西郷隆盛本が山のように積まれているのに、いささかびっくりした。古色蒼然としたはるか過去の人に、私たちは何を学ぼうとしているのであろうか。

それにつられてふと書きたいことが浮かんだ。西郷さんの名前についてである。隆盛と名乗る前に、西郷さんは吉之助という名であったことはよく知られている。が、その前の名のことを知る人はあまりいないと思う。そもそも西郷さんは幼名を小吉といった。そのあと、吉之介、善兵衛、吉兵衛と順次名前を変えていって、吉之助にたどりついた。

実は西郷さんばかりではない。昔の人はだれもがいくつも名前を変えているのである。テレビなんかで「この紋所が眼に入らぬか」で有名な、徳川光圀《みつくに》公も幼名を長丸。その後に、千代松と変え、さらに、光國と変えていったし、維新百五十年であるいはまた賞揚されるかも知れない吉田松陰も本名は矩方《のりかた》であることは、まず知る人は少ない。通称が寅次郎、号が松陰。まったくややこしいのである。

なぜ、昔の人は幼名が最初につけられて、その後にいろいろと変えたのか。一言でいって、医療や薬品が未発達であったので、昭和の中ごろまで幼児の死亡率が高かったからである。いまの児童福祉法は満一歳未満を乳児としているが、その昔は数え年三歳を一つの節目としていた。七五三のお祝いは、その節目の最初のお祝いであった。

子供のころに「七つまでは神のうち」という格言みたいなものを聞かされていた。よく神社のお祭りなんかに稚児《ちご》さんが行列をしたり山車《だし》の上に乗っかったりしている。つまり幼児は神の子である、神の加護があるから、という意味で、神事にたずさわることになったのである。「でもお前は悪ガキで、神の子じゃないな」と小さい時から私はしょっちゅう叱られていた。

幼名は、赤ん坊が長生きするようにと、親が「忌《い》み名」をつける習慣がうまれ、そこから昔の人はきまって幼名がつけられたということらしい。

（二〇一八年四月）

太陽暦になった時

拙著『幕末史』でくわしく書かずに素通りした面白い話がある。それまでの太陰暦を廃し、西欧諸国にならって太陽暦が採用されたときのゴタゴタについてである。明治五年（一八七二）十一月にそれがきまって、同年十二月三日が明治六年一月一日となったのであるが、これはもう明治新政府の、他にウムをいわせぬ強硬手段によるものであった。このために天皇の詔書までだしている。

問題の一つは、それでは十二月分の給料はどうなったのか。たった二日であるが十二月という月があった以上、一ヵ月分の給料を払え——という月給取りの切なる言い分に、太政官はこれを断々乎として突っぱねた。

「当十二月分ハ朔日《ついたち》、二日、右両日分ノ給ハ不被下《くだされず》」

なんのことはない、日割り計算もなく全員がタダ働きと相成った。みんなブウブウいったけれど、詮かたなし。

さらに騒動となったのは改暦にともなう時間の数え方である。

「時刻昼夜平分二十四時ニ定メ、子刻《ねのこく》ヨリ午刻《うまのこく》迄ヲ十二時ニ分チ午前幾時ト称シ、午刻ヨリ子刻迄ヲ十二時ニ分チ午後幾時ト称《となえ》候事」

そして太政官はさらに親切にも、

「是迄《これまで》時辰儀時刻ヲ何字ト唱へ来リ候処《ところ》、以後何時ト称《とな》フベキ事」

と指示した。いったいどこが〝親切〟なのかと疑問に思われる人も多かろう。改暦までは、三時、四時と記す場合、三字、四字と「字」の文字を使ってきていた。それで間違えるなよ、というお知らせなのであるが、これでまたいたるところで混乱をまねいた。

「願い出では十字限り」

と、地方のお役所なんかがついつい昔風に掲示をだしたところ、

「いかなる練達の文人といえども、わずか十個の文字にて願事のよく情実を尽し得んや」

と抗議が殺到したりした。いまはなんでもなく使っている「時」にもそんなおかしい裏話があったのである。

改革とはおよそいつの時代でもそんなもの。明治五年のときは西洋かぶれで遮二《しゃに》無二《むに》の改革であったが、いまの世も政治家リードとやらで真一文字の改革ぶりで、あちこちで不平不満の声々。改革は一日にしてならずなり。

（二〇一〇年二月）

西郷さんの首

明治十年（一八七七）九月二十三日、きれいに晴れた空に、その夜の月はまことに美しかったという。そこに時ならぬ軍楽の音が、城山を真近にのぞむ多賀山の政府軍の本営より響いてきた。半歳にわたって大砲や鉄砲の音や吶喊《とっかん》の声より聞くことのなかった敵味方の将兵は、その玄妙なる音楽に聞きほれた。これまでの殺戮の苦しみも悲しみも忘れたかのようであった。

秋の夜にかがやく月を見ると、きまって、この西南戦争での西郷隆盛が最後に見たであろう月光と音楽の話のことが想いだされてくる。

この音楽は、山県有朋が長い間の心の師であり親しい先輩であった西郷に送った別れの曲であったのである。重囲の中にあって、万死を前にして西郷やその部下たちは、この世の名残りと心ゆくばかり音楽に耳を傾け、皓々《こうこう》たる月を眺めたことであろう。悲しき曲はいつまでもいつまでもつづいたし、その間に西陣営からはしわぶき一つ聞こえなかったというのである。

しかし、夜のまだ明けきらぬ午前四時、またもや砲声に、銃声に、吶喊の声に静寂は破られる。九月二十四日、西郷は城山で自刃した。享年五十一。このとき山県は一首詠んでいる。

山はさけ海もあせんとみし空の
なごりやいづら秋の夜の月

と、ここまでは月光を見ながら、何となく文学的ないい気分に誘われる。文学の主題は運命である、と……。なんであるが、あとはまことに散文的な話となってしまうのを如何せん。

史実によれば、西郷の首がなかなか見つからないので、政府軍側がシャカリキになって探したというではないか。金沢の人で千田登文《のりふみ》という少尉が、桐野利秋や村田新八の死骸は確認したが、西郷さんは胴はあったが肝腎の首がない。それで大騒ぎ。そっとしておけばいいじゃないか、と思うのであるが、そうはいかない。

長時間かかってやっと見つけ土の中から千田少尉が鍬で掘りだした。「大きな首が出てきた。とても重い。水で洗い三升入の飯びつの上に乗せて本営まで運び、首実検に供えた」なんて文章を読まされるのは、あまりいいものではない。歴史探偵という仕事はいつも楽しいことばかりではない。


（二〇一五年十月）

強いスローガンの恐ろしさ

明治三十八年（一九〇五）九月五日、アメリカのポーツマスで日露戦争終結の講和条約が調印された。

この歴史的事実の裏側で、講和のための条件として〝賠償金なし〟を唯々諾々として政府が受諾したのは、「国民侮辱」でしかないと、大いなる不平不満が反政府運動となり、日本国民の間で渦巻いたことはよく知られている。

九月三日、大阪・中之島の公会堂で五千人の市民が気勢をあげて、警察の出動をみる。同じ日、栃木県民大会、名古屋市民大会、呉市民大会がひらかれる。四日には山形市、神奈川県三浦郡、堺市、高松市などの市民大会が、どこでも「講和条約破棄」の要求を可決する。四日付の大阪朝日新聞が報じた。

「条約破棄の声は一村より一郷に、一町より一市に玉を転ばす如《ごと》く伝はり伝はって、最早《もはや》全国中誰一人として是《こ》れを叫ばぬ者はない程となった」

そして条約調印当日の五日の東京では——頭山満《とうやまみつる》、河野《こうの》広中《ひろなか》、小川平吉《おがわへいきち》らによって結成された講和問題同志連合会が日比谷公園で国民大会をひらき、調印反対の怒りの気勢を大々的にあげた。

「十万の忠魂《ちゅうこん》と二十億の負担とを犠牲にしたる戦捷《せんしょう》の結果は千載拭《せんざいぬぐ》ふ可《べか》らざる屈辱と列国四囲の嘲笑《ちょうしょう》とのみ。嗚呼《ああ》是れ果して何人の罪ぞや」

このスローガンがすこぶる利いた。これを新聞が煽《あお》りに煽った。万朝報《よろずちょうほう》は「来《きた》れ、来れ、来れ／講和問題全国同志大会、将《まさ》に本日を以《もっ》て日比谷原頭《げんとう》に開かれんとす／血あるものは来れ、涙あるものは来れ、骨あるものは来れ、鉄心あるものは来れ、石腸あるものは来れ、義を知るものは来れ、恥を知るものは来れ」と呼びかけた。
こうして勢いづいた民衆は「肝胆剣寒《かんたんけんかん》」「赤誠動天地《せきせいどうてんち》」とか「十万之碧血如何《へきけついかん》」とか、すさまじい言葉を大書した旗をなびかせながら、この夜、阻止せんとする警官隊と衝突し、暴徒化した。内務大臣官邸が焼かれ、派出所・交番二百六十四が焼失・破壊された。ほかに焼失・破壊されたものは警察分署九、教会十三、民家五十三、電車十五台。そして死者十七名。記録に残るだけでも負傷は警察官などの官吏約五百名、民間人約五百名に達する騒乱となった。これを日比谷焼打事件という。

日本の戦力が限界にきている〝惨勝〟であることを、政府も軍部も明らかにしなかったゆえの騒乱事件。さらに「十万の英霊、二十億の国帑《こくど》（国費）」で得た満洲の権益が、昭和日本をやがて世界中を敵とする大戦争へと引きずりこんでいくことになる。まこと、言葉は恐ろしきものである。

（二〇一九年九月七日）

頑迷な愛国者が国を滅ぼす

　またまた百年以上も前の昔ばなしになるが、明治二十八年（一八九五）四月十七日、山口県下関の春帆楼で、講和条約が締結されて、日清戦争にピリオドが打たれたことは、すべての近代史年表などに、はっきりと記されている。

　そもそもこの会議は三月二十日と早めにはじまっていたのであるが、なんで一カ月近くもかかったのか。実は、途中で、清国全権の李鴻章《りこうしょう》が狂熱的な愛国者である日本人の暴漢にピストルで撃たれ、軽くはあったが負傷し、やむを得ず会議を中止せざるを得なかったからである。

　この会議がはじまったころの日本人の鼻息はまことに荒く、当たるべからざる勢いを示していた。なにも和を結ぶ必要はない。清国を徹底的にこらしめよと叫ぶ声が天下に満ち満ちていた。

　しかし、のちに三国干渉の無念もあったが、結果としては戦勝国として日本は清国から台湾と賠償金二億両《テール》（約三億六千万円）を得る、という成果をあげたのである。

　ところで、そんな成果のウラに、この狙撃事件が仇《あだ》となって、ひょっとしたら領土か賠償金かのどちらかを諦めざるを得ないかもしれない、という苦しい立場に日本が追いこまれていた、という事実のあったことは、年表などには記されていない。勝海舟のいう「コチコチの愛国者ほど国を害する者はいない」という言葉の真なることが、しみじみと思いだされてくる。

なにしろ相手の全権を暗殺しようとしたのである。おかげで日本の評判はガタ落ち。欧米の新聞はそろって、日本帝国および日本人を口をきわめて論難した。ほめるところなんか一つもない。

「武器の戦争に勝ち道徳の戦争に敗れたるものなり」

「日本人は客を歓待するの道義に乏しき国民なるべし」

「文明の仮装した野蛮の国家なり」……etc。

そんなゴウゴウたる国際世論もあって、領土も賠償金もというわけにはいかない、と観測した政府も軍部も、二者択一となったときどっちが国家にて得策であろうか、と考えあぐねた。領土は手放したら戻らない。が、金は天下の回りもの、将来何とかとり返せる。なら台湾の獲得を優先しよう、と決定した。そして清国側も同じように考えるであろうから、交渉は難航するだろうと覚悟した。

ところが、である。清国側は、領土かカネかの選択なら領土を出したい、とあっさりいって、日本側を大いにびっくりさせた。出したカネは永遠に戻らないが、領土は消えてなくなるわけではない。百年先、二百年先にでも、いつか領土はとり返せばいい、とそう中国人は考えたという。

この話はまことに教訓的なのではあるまいか。

（二〇一九年四月二十日）

五輪旗に込められた思い

毎週日曜夜のＮＨＫ大河ドラマは、一九一二年にストックホルムで開催された第五回オリンピックに出場した金栗《かなくり》四《し》三《そう》選手が主人公になっている。そもそも、日本が参加したことが、この大会の大収穫であったのである。それまでにインドからの参加はあったが、広くアジアの、それも極東からの参加はこれが初めて。お蔭でオリンピックが全世界にひろがったことを示す記念すべき大会であったのだ。

ところが、そんな喜びもつかの間で、翌一三年の六月に第二次バルカン戦争（バルカン諸国とトルコ対ブルガリアの戦い）が再開され、各国がそれぞれ睨《にら》み合う格好で、世界は物情騒然たるものとなっていた。

この状況に、ストックホルムでの祭典の成功に浮き浮きしてはいられないと、いちばん眉をひそめたのが、近代オリンピックの父といわれるフランスの貴族クーベルタン男爵なのである。もともと彼がスポーツ振興に目をつけたのは、祖国フランスが普仏戦争（一八七〇～七一年）でドイツに惨敗したとき、戦後のフランス青年を救うには心身の鍛錬のほかの近道はない、と考えたことによる。そして、体育競技を通じて各国青年が互いに理解し合い、国際的な親善を考えること、そのことによって世界平和が保持される、というところまで考えを深化させていった。

そこまで自分の哲学を究めていったクーベルタンは、第五回の大会後にひとり頭を痛め、目ではっきりと見えるもので何か、平和の尊さを具体的に示すものがつくれないか、と真剣に考えた。結果として五つの輪が結び合うオリンピック大会旗が、ここに創案されることとなった。

もちろん、彼ひとりの頭がひねりだしたものではないであろうが、とにかく天空にさわやかにはためく旗というものを思いついたのは、彼であることに間違いはない。

白地にふちなし。五つの輪は五大陸（南北アメリカ、アジア、アフリカ、ヨーロッパ、オセアニア）を意味し、左から青、黄、黒、緑、赤の交差でできている。五つの色と白地は世界各国の国旗の色の組み合わせ、ということ。つまり、五大陸が結び合うというオリンピックの理想を示す。

クーベルタンは一九一四年六月十五日からひらかれることになっていたＩＯＣ創立二十年記念式典に間に合わせるべく、パリの百貨店にこの五輪旗五百本を遮二無二作らせた。「平和という神聖な目的に前進するために」という大理想のもとに。

しかし、歴史は皮肉であった。五百本を各国代表に配った直後の六月二十八日、「サラエボの銃声」が起爆剤となり、第一次世界大戦がはじまってしまったのである。

（二〇一九年六月十五日）

デバカメ事件の裏ばなし

明治四十一年（一九〇八）三月二十二日夜、銭湯帰りの若い美人の人妻が襲われて殺された。ところは東京新宿区の大久保。やがて犯人としてあげられたのは池田亀太郎、出っ歯のぶおとこで女房に逃げられて欲求不満の三十男である。それまでしばしばノゾキの疑いがあり、その筋からは痴漢の常習犯としてマークされていた。

この「出っ歯の亀さん」に発して、これぞ世にいうデバカメ事件。ところでこの言葉、なにより音がよく響いて覚えるのにはもってこいで、子供のころ東京の下町では、助平とならんでいきいきとして使われていた。要するに好色多淫《こうしょくたいん》なノゾキ専門の、いまでいうエッチな奴をいう。まさか殺人事件の犯人とは思いもしなかった。

しかも、このほど必要あってこのデバカメを調べてみてびっくりした。これが動機も単純な殺人事件ではなくて、ことによったら自白だけで証拠なしの一大冤罪事件かもしれないと知ったのである。もちろん、自白させるためのきびしい拷問つきであることはいうまでもない。

警察は事件のあと大捜査網を布《し》いた。が、犯人は杳《よう》として消え、やむなく亀さんを別件で引っ張ってきて叩いた。捕まったのが三月三十一日で、白状したのが四月四日夜。俺はやっていないと亀さんは相当に頑張ったものとみえる。物的証拠なしで公判にもちこまれたが、亀さんは自供をひるがえす。すったもんだがあったが、結局、判決は無期懲役となる。が、のちに減刑されて大正の初めには釈放されている。明治の警察行政の強引さを物語る話である。

と、これで終わってしまっては何のために書いているのかわからない。実は、調べの過程で、暉峻康隆《てるおかやすたか》氏『すらんぐ』なる本に行き当たり、面白い記載を見つけた。この事件、まさに〝敵は本能寺にあり〟であったのである。しかも、明治四十年代の世情を理解するためにも〝なるほどネ〟というところがある。

「この出歯亀事件は、スラングを生んだだけでなく……おまけがついている。明治四十年前後は、日本文学を一変させた自然主義文学の最盛期であった。これを思想的にいえば、人間性および人生の暗黒面を客観的に観察し、美醜善悪をこえて真相を描こうじゃないかという、革命的な文学であったから、封建道徳でこりかたまった士族出身の明治官僚が、これを歓迎するわけがない」

ことに官憲は文学や芸術における性の暴露的描写に神経を尖らしていた。そこでデバカメ事件が発生すると、待ってましたとばかり前面に乗り出して来たという。

「これは自然主義文学の影響なりと解釈し、これをきっかけに自然主義文学はぞくぞくと発禁されている。小栗風葉の『恋ざめ』、永井荷風の『ふらんす物語』、森鷗外の『ヰタ・

セクスアリス』など……」
　ありそうな面白い筋道で、さっそく文学史をひっくり返すと……風葉の発禁は四十一年十月、荷風のそれは四十二年三月、鷗外は同年七月。官憲がどうしてデバカメに自然主義文学の影響大なりと判定したのか、あまり分明ではないけれども、とにかく自然主義文学がその煽《あお》りをくらった感じはある。

　明治という時代を考えると、ついついそこに幻を描きがちである。人々は〝坂の上の雲〟を目指して足どりも大らかに豪気に、無から有をつくりだす融通無碍《ゆうずうむげ》な精神にみち、国家建設に邁進《まいしん》していたと、いくらでもよろしいイメージを描ける。でも、はたしてどんなものか。少なくとも明治末年ごろはもうそんな時代ではなくなっていたことは確か。当時の新聞をみてみれば見当のつくことで、国家ないし社会の動向を真っ向から批判する自由な文章などほとんど見当たらない。つまり言論の自由などは徹底的に抑えこまれていた。あるのは「国家主義的な報道と論説と、エログロの三面記事と、広告と株式市場と桃水や浪六の書く絵入り小説」であったのである。

　そんな明治二十年代、三十年代になって生まれ、日露〝戦後〟に青春を送った人のことを考えると、ときに複雑な思いにとらわれる。帝政ロシアを打ち破った勝利の栄光だけを背負ったこの人びとは、大正デモクラシーの風が吹けばデモクラチックな文化人の急先鋒となり、昭和の軍国時代となれば、昨日の自由人もてんとして恥じることなく大政翼賛の音頭をとった人びとではなかったかと。同じように高度成長の甘酒だけを飲んで育った人がいまや日本のリーダーとなり……。

そんな余計な理屈はあまり楽しくない。そんなことより、ふと、明治四十年代に作家であった夏目漱石のことが気になった。デバカメのことを存じていたであろう。と思ったのに、小説のなかにはでてこない。相当にウンザリし、ガッカリもしたところで、『漱石書簡集』のなかで思いもかけず出食わしたときには、さすがにホクホクした。『三四郎』を書きだす直前の、明治四十一年八月三日付けの小宮豊隆あてのものである。

「……中々あつい。田舎も東京も同じくわるい人が居るのだらう。此分では極楽でも人殺しが流行るだらう。僕高等出歯亀となつて例の御嬢さんのあとをつけた」

デバカメに高等・中等・低等の差があるんですかね。

（掲載年不明）

第一号切符を買った人

ほんとうに久しぶりに、皇居のほうから歩いてきて東京駅を真ッ正面から眺めた。いまさらびっくりする風景というわけではないが、あらためてその気になって見渡すと、なるほど「天皇の駅」として、皇居と向き合う形でつくられた、というガキのころ聞かされた昔話が納得された。

この駅が考えられたのは明治三十八年（一九〇五）の日露戦争勝利のあとのことという。世界五大強国の一として大飛躍した日本帝国を象徴するような世界最大のステーションを、という時代の強い要請もあった。そこで当時の日本建築界の法王といわれた辰野《たつの》金吾《きんご》の手にゆだねられ、着工は明治四十一年（一九〇八）で、竣工は大正三年（一九一四）十二月。長さ南北三三〇メートル、皇居から一直線のところに皇室専用の玄関をうがつ。相撲好きの臣金吾の「皇居に向かっての土俵入りにござんす」の形でつくられた、とか。

というのが、ガキのころに聞かされた話なんであるが、いまは知らない人はいないくらい有名なことで、わざわざ書くこともないのかもしれない。で、最近仕入れた特ダネを以下に――。

駅が完成したのは十二月十四日で、十八日から東京・横浜間の電車運転が開始され、二十日には、いよいよ電車が発着するようになった。つまり営業開始。第一列車は横須賀行きで、午前五時二十分発。

ここに一人の酔狂な男が登場する。東京は牛込矢来町に住む川端由松クンで、その日の午前二時に飛び起きるとコチンコチンに凍りついた道を下駄の音を響かせて歩きだした。目指すは新築の東京駅。あたりに人影はなく、人をだますキツネやタヌキが出そうな道である。歩き通して駅についたのが三時半。北風に吹きさらされてブルブルしながら立っていると、たちまち駅前交番の巡査にとがめられた。

「ヘイ、駅開業の第一号の切符を買おうと、牛込から歩いてきたんです」

巡査はあきれたような、感心したような。「風邪を引かんようにせいよ」

こうして川端クンは見事に第一号の切符を手にすることができた。そして面白いのは出札口で切符を売った駅員さんも川端クンという名字であった。ホントの話ですぞ。

（二〇〇九年二月）

第三章　漢籍のたのしみ

春秋からの連想

創業者の菊池寛が、自分の随筆集のタイトルをそのまま、社名と雑誌名につけたのが、文藝春秋であることはご存じのとおり。そのこころに、「春秋に富む」の意がある。「君は春秋に富むも臣漸《ようや》く老ゆ」てな菅原道真の詩句のあったのを思い出す。社も雑誌もいまだ青春、前途遼遠なんである。

それともうひとつ、孔子の記した史書『春秋』の意も託したとみる。「春秋の筆法をもってすれば」である。孔子は魯《ろ》の国の歴史を綴るに厳正無比、ために乱臣賊子は恐れおののいたという。わが雑誌もまた然り、の自負がこめられていたかもしれない。

なんていう七面倒くさい話でなく主題にはいる。この春秋から、凡俗のわたくしがとっさに頭に浮かべるのは、「春三夏六秋一無冬」なる江戸の俗諺《ぞくげん》で、色気づいた少年時代に、横町の隠居から教わった。「これぞ新婚のころの房事の心得でな、妻を喜ばすにも、またおのれの健康にもよい度数というわけなんじゃ」。改めて思いだすと、これが週なのか月なのか、はっきり聞かなかったように記憶する。が、いずれにしても、春三夏六はまアよしとしても、しみじみと人肌恋しい秋風の吹くころに一回とは何事なるぞ、無冬にいたっては世をはかなんで禅林に隠れ住むようなもんじゃないか、と当時は大いに慨嘆したもんであった。

長じて、酒場で一席をとくとくとやっていたら、物知りからひどく馬鹿にされたことがある。なんじは隠居に騙されたお人良しの見本なるぞと。

「これは生魚の塩加減を示したもの。春は三分、夏六分、秋は一分、冬には無塩で差し支えなし、ということなんさ。房事の回数とはそれこそ無縁よ」

これには心底からガッカリした。別にこれを守って生きてきたわけではないが、唯一のわが閨房《けいぼう》哲学が木っ端微塵になったの感ありであった。

ところで、最近に『艶道俗説弁』という本を勧められて、たいした期待もなしに読んでみた。なんと、

「夏六の数は過度なり。……夏月は腎気衰絶す。故に房色過度すれば元気を破り寿を損す。戒むべし」

とあるではないかいな。江戸っ子の言い伝えを真っ向から否定すべきにあらず、といま気を取り直している。

（二〇〇一年四月）

「百」のあれこれ

このコラムも一〇〇回を迎えた。八年と四ヵ月もの長い間つづけてきたことになる。びっくりするいっぽうで、かなりいい心持ちになっている。

それにつけて、つらつら思うに、昔の日本人は、人間五十年、夢まぼろしの如しで、「百」を目出たいものとする風習がなかったのではないか。なにしろ十干十二支を暦としていた日本人が、生活のなかで使っていた百は、もっぱら中国からきた成語ばかり。酒は百薬の長、百味百珍、百花繚乱《ひゃっかりょうらん》、百鬼夜《ひゃっきや》行《こう》、百戦百勝、百年の計など、つまり数がいっぱいの意なんである。

もう少しくわしく書いてみれば、たとえば、百聞は一見に如《し》かず、これは『漢書』の趙《ちょう》充国《じゅうこく》伝にある。「百聞は一見に如かず。兵は隃《はる》かに度《はか》り難し。臣願はくは馳せて金城に至り、図りて方略を上《たてまつ》らん」である。《戦いのことは遠くからでは推しはかり難いもの。私が馬を馳せて金城まで行って、実際を見て、あれこれ考えてよい方策を申しあげましょう》、すなわち、百たび耳で聞くより、一度でも実際を見た方が有効なり、というわけである。

　また、ちかごろの言論界は、というよりインターネット上は、まさに百家争鳴《ひやつかそうめい》で、いろいろな意見がぶつかり合い、やかましく飛びかってるそうな。この百家とは中国の戦国時代に一家の説を立てた、儒家、道家、墨家、法家など、多くの学者たちのことで、恐らくはこの言葉は『荀子《じゆんし》』の解蔽《かいへい》篇の「諸侯政を異にし、百家説を異にすれば、すなわち必ずあるいは是にして、あるいは非、あるいは治にしてあるいは乱」に典拠をおいていると思われる。

　そしていまの日本のどうにも手のつけられない自然破壊、環境破壊には、「百年河清をまつほかはない」とだれもが書いている。この言葉は『左伝』襄公《じようこう》八年にある。楚《そ》の国の攻撃をうけた鄭《てい》の国は大混乱。晋《しん》の国からの来援を期待する一派に、降伏すべし派の子駟《しし》が「それは黄河の澄むのを待つようなもので、寿命がいくらあっても足りない」と嘲笑《あざわら》ったことに始まる。

　いやはや、今回は妙に理屈っぽくなった。いい加減にしろ、と怒られる方もあろう。が、ひとりでいい気持ちになって、自祝しているから、百の説法屁一つ、というところである。


（二〇〇七年七月）

『孟子』から出た言葉

〽論語、孟子を読んではみたが　酒を飲むなと書いてない　デッカンショ……

と、その昔さかんに歌ったものであったが、考えてみたら『孟子』を、学に志《こころざ》してこのかたまったくといっていいくらい読んだことがない。

で、夜長の読書とシャレて『孟子』をこのほどパラパラとやってみた。驚いたことに、日常よく使っている「自暴自棄」とか「良心」とか、その前に「学校」とか「教育」なんて有難い言葉も、孟子が初めて使った言葉と知った。たとえば教育とは、「腹いっぱい食べ、暖かい衣服を着て、安逸な毎日を送るだけで、教育がしっかり行われなければ、人は動物と同じになる」という風にでてくる。

「顧《かえり》みて他を言う」という諺《ことわざ》みたいに使われている言葉も、『孟子』が出所。ちょっと手前に都合の悪いことを言われて、答えに窮してとぼけるほかはなく、「話は違うが、近ごろの日本外交はまことによくないね」とか、いまの政治家がよく使うテである。

「敗け戦さとなりて、ある兵士は百歩逃げて止まり、ある兵士は五十歩で踏みとどまった。五十歩逃げた兵士が百歩逃げた者を弱虫だと笑ったとしたら、どう思われますか」

と孟子が、梁《りょう》の恵王《けいおう》に問うた。王は答えた。

「それはダメだ。百歩逃げた兵士を笑った者も、逃げたことに変りはない」

原文では「不可なり。ただ百歩ならざるのみ。これまた走るなり」。

これがつまり「五十歩百歩」という諺の起りで、『孟子』を出典とする。

武田信玄のことを歌った武田節に「人は石垣、人は城」という歌詞がある。人の和をとくに重視した文句なのであるが、出所は「天の時、地の利、人の和」であるのは間違いない。これがまた孟子の言葉。「天の時は地の利に如《し》かず、地の利は人の和に如かず」とあって、国家経営・会社経営の根本を「人の和」においた。

と、こんな具合に『孟子』を初めて読んでみて、予想とは違って面白く、夜の更けるのも忘れるほどであった。もちろん、隅から隅まで読んだわけではないのだが、大酒を飲むなとはたしかに書いてはいない。さりとて、大酒を飲めとも書かれてはいなかった。

（二〇一三年一月）

『呉子』の四機

幕末の英傑のひとり勝海舟は、しきりに機（勘どころ）ということをいった。世の中のこと万事が機をとらえただちに着手する、この二つさえ誤らねば、「みンな放任して置いてよい」といいきってさえいる。ところが、その機というものが凡人にはわからぬ。

「機は感ずべきもので、言うことの出来ず、伝達することの出来んものです」

と『海舟座談』にある。

このつかみどころのない勘どころとは何ぞや、何とか文章でいい表わせぬものかと、いっとき悪戦苦闘したことがある。勝海舟みたいな大人物ですらが、曰《いわ》く言い難し、とあきらめていることが、われら凡俗にはとうてい無理かと天を仰ぎかけたとき、ポトンと千天の慈雨のごとくに一書が落っこってきた。『孫子』とならんでよく知られた中国古代の兵法書『呉子』である。

「呉子曰く、凡《およ》そ兵に四機あり。一に曰く気機、二に曰く地機、三に曰く事機、四に曰く力機なり」

兵法書ゆえ、戦争にさいしてリーダーにあらねばならない資格四つというのであるが、いまの政治戦略や企業戦略に適用できないわけではない。

気機とは、リーダーの気概、これが大事で、いかにこれが士卒全員をふるい立たせることか。くだらぬ奴がトップに立っただけで、もう国も会社もアキマヘンということになる。

地機とは、地の利を占めよということ。これはもっぱら戦闘のさいの教えで、ま、とくに語ることもない。

問題はつぎの事機、今日風にいえば情報活動の重視で、そこでえた情報を正しく分析し考察してそれを活用せよということ。虚報や噂ばかりで大した情報もないのに、わかったつもりで事をなすなかれ、なのである。

お終いの力機とは、国民（又は社員）の教育を高め、単なる理窟でなく身にしっかりついた技術を習熟させよ。士卒のレベルが上ること（つまり人材多くなること）が重要というわけである。

さてさて、海舟のいう機とはちょっと違うかもしれぬが、少くとも気機と事機と力機とをそろえておけば、あとは放っておいても万事がうまく運ぶような気がしないでもない。

いまの日本、とくに力機が不足で、それでロクな指導者がでてこないのは確かである。

（二〇一三年二月）

『論語』の新解釈

宮崎市定《いちさだ》さんという漢文学の大家がいる。その著『論語の新研究』をこのところ愛読している。先生の解釈はさばけていて面白く、儒学的な教訓臭がない。さながら「目から鱗《うろこ》」といった痛快さが味えるからである。

たとえば「君子は和して同ぜず、小人は同じて和せず」という『論語』子路《しろ》篇にある有名な言葉も、「諸君は互いに仲良くして貰いたいが雷同《らいどう》して貰いたくない。大ぜい集ればすぐ雷同するが、必要な時に協力できぬ人間の多いのは困りものだ」ということになる。

同じ子路篇の「剛毅《ごうき》木訥《ぼくとつ》、仁に近し」も、剛毅木訥たれと戦争中に大いにハッパをかけられて忘れられない言葉。

『広辞苑』では「しっかりして無骨で飾りけのないこと」と説明してくれているが、宮崎さんはこれを「剛、毅、木、訥なるは仁に近し」と一字一字離して読んで、「かたい背骨がとおり、粘り腰がつよく、田舎風まるだしで、口数の少い」ことと解している。思わずヒヒヒと笑ってしまったが、こっちのほうがずっとよくわかる。

〝啓発〟の語源として親しまれている「憤せざれば啓せず、悱《ひ》せざれば発せず」（述而《じゅつじ》篇）も、中学生時代に習った解と宮崎説は違っていた。思い悩んだときは孔子が蒙を啓《ひら》いてくれる、つまり先生のほうから啓発してくれる、というのが通常の訳であったのに、宮崎さんは「情熱がないものは進歩しない。苦しんだあとでなければ上達がない」と解する。啓発とはおのれを叱咤してやる気を起こして発憤する、ということになる。

もう一つ、ややこしい話、述而篇にある「三人行。必有我師焉」をとりあげる。この解釈が日本の漢文学の大家で真ッ二つにわかれていて、ずっと頭を悩ましてきた。諸橋轍次、吉川幸次郎、倉石武四郎の三先生は「三人行」を「三人で歩けば」と読み、そうすれば「いい先生が見つかる」と解す。ところが宇野哲人、魚返《おがえり》善雄の両先生は「行《おこな》えば」と読んで「何事であれ三人が一緒に行動すれば、得るところがある。それを手本にする」と解する。

さて、宮崎先生？　これが後者の「行動すれば」組で、これで三対三。いやはや、杜甫《とほ》の詩の「ますます多師なるは、すべて師なり」ということか。

（二〇一四年七月）

「多少の楼台」とは？

私たちがふだんなにげなく使っている言葉に対義合成語というのがある。なんてむつかしく言う前に、具体的に示せば、「多少はお役に立てるのですが」とか、「多少のことは目をつむることにする」とか、多いと少ない、まったく正反対の意味をもつ漢字の組み合わせでつくられた熟語である。どっちに比重が多くかかっているか、ときどき混乱してしまうことがある。

杜《と》牧《ぼく》「江南春」の、例の「千里鶯啼《な》きて緑くれなゐに映ず」という詩のお終いの句、「多少の楼台煙雨の中《うち》」がある。この場合の多少は明らかに数が多いということで、少の意味は無視されて解釈するのを常とする。

唐詩選の孟浩然の「春眠暁を覚えず」で有名な五言絶句のこれも結句の「花落つること

多少なるを知らんや」の多少はどうか。井伏鱒二の名訳によると「ヨルノアラシニ雨マジリ散ツタ木ノ花イカホドバカリ」とあって、うまくぼかしているが、これだって実は「沢《たく》山《さん》」の意が主で、下の少には意味がまったくこめられていないと解するのが本当のところである。

かと思えば、「あなた、英語、話せますか」「ええ、多少は」では、少しのほうに主体がある。ただし、いくらかは話せますの意も含められ、厳密には少だけではない。日本人的謙遜表現が底に流れているのでややこしい。

昔の「教育勅語」にあった「一旦緩急《かんきゅう》あれば」となると、もう文句なしに緩は捨てられて緊急な事態を指しているし、「異同」という書誌学上の術語があるが、異に重点がおかれていて、同のほうはほとんど問題にされない。

かと思えば、仏教にいう「生死《しょうじ》を離れる」とか「生死の間」とかになると生も死も同じように重点がおかれている。なぜなら古代日本人は生から死への転移は一瞬できるものでなく、真死と見極めるまで蘇生を願ったからである。そのための招魂の儀礼を恭《うやうや》しく行った。その期間は三日間、これをモガリ（殯）と称したのである。

そのほか表裏、前後、往復、天地、悲喜、有無、善悪、大小、寒暑、高低、軽重、遠近、明暗、浅深、苦楽、夢現《ゆめうつつ》、順逆、本末、売買、黒白エトセトラ。どれも重点がどっちか。曰《いわ》く、虚実皮膜の間にある。日本語はむつかしいね。

（二〇一五年一月）

「公」を考える

先日、酒席でこんな会話をかわした。

「俺なんか、手前勝手な好きなことを書いているだけだから私人だよな」

「ダメですよ。物書きはすべて書いたもので世の人に何らかの影響を与えているのですから堂々たる公人です」

そんなことから、そも「公」とは何であるか？　についてしばし考えた。そしてあらためて驚いた。「公」という言葉はその使われ方がもともと矛盾だらけなのである。手近かのところでいうと、「信長公」とか「秀吉公」とかまことに立派な尊称である。「公儀」「公家《くげ》」「公卿《くぎょう》」「貴公子」と偉らい人たちを指すこともある。ところが、そのいっぽうで、落語でおなじみの「熊公」「八公」とくるではないか。

ついでに、いまは死語となったが、「乃公《だいこう》」と自分を「公」呼ばわりするいい方もあった。いやはや、まことに「公」の大安売り。これを公私混同といわずして、何というべきか。

調べてみたら、中国の古典『韓非子』には「厶《わたくし》（私）に背《そむ》く、これを公という」とあるそうだが、うんと古い字形では、広場を示す口から厶はきているという。そしてそれをかこむ塀の意で八があって、両方を合して公。つまりそこで行われる儀礼や行事や裁判（公《く》事《じ》）が公務（おおやけの仕事）ということになるのである、そうな。

わかったようなわからない話であるが、ま、宮殿なんかにいて人の上に立って支配するものが公人ということになるのであろう。とすると、物書きなんかは小さな部屋で、小机に向かって、小さな原稿用紙にシコシコと小さな字で、何やらよしなし事を書いているにすぎないから、これが公人であるはずはない。こんどかの友人に会ったら、そう啖呵《たんか》をきってやろうと思う。

それにつけても世の中の百事万般、公と私の区別をめぐって、いろいろとやかましいことであることよ。公事と私事、公用と私用、公道と私道、公有と私有エトセトラ。公私混同をめぐって喧嘩がたえない。その昔は、「国民のしもべ」すなわち公僕であったはずの連中がいつの間にか公務員とか公吏とかよばれ、人の上に立つ「おかみ」として肩で風を切るようになった。とにかく支配するものは、公平と公正を常に心掛けねばならんのである。

（二〇一八年六月）

ニホンとニッポンの間に

いつも奇妙に思うのだが、わが国の正しい国名はニホンなのかニッポンなのか。同じ文字なのに呼び方が二つあるのは、恐らく世界にあまたの国あれどわが国のみならん。

そもそも国名の「日本」がいつできたかについても定説はない。確かなところでは、奈良時代の七二〇年に『日本書紀』が成立しているから、そのころということ。それ以前、中国からまず入ってきた呉音では、日はニチ、本はホンと読む。最古ではニチホンと読んだと思われるが、いつの間にかチが落ちて、ニホンとなった。

では、ニッポンは？　これも確証はない。外国との交渉がしきりとなった室町時代（十五世紀）、謡曲で神国日本の権威を海外に示すとき、ニッポンと発音されている。たとえば「白楽天」。日本人の智力を試さんと、海を越えて筑紫《つくし》の沖までやってきて、白楽天は名乗りをあげる。

「唐の太子の賓客《ひんきやく》白楽天とはわが事なり。さてもこれより東にあたって国あり。名を日本と名づく」

　このとき間違いなくニッポンと唱えている。

　またキリシタン関係の諸文書では、ニホンもときにはあるが、ほとんどがニッポンとでてくる。つまりは外国を強く意識するとき、あるいは日本人が外国人にたいして肩肘《かたひじ》を張りたいとき、きまってニッポンと威勢よくいう。そう思えば、ニホンよりニッポンは景気がよろしい。「ニッポン、チャチャチャ」とやったほうが応援にも活気が数倍もつく。

　と、ここで話は突然、昭和になる。とにかく国名が二つあるのはおかしい、よろしく統一すべしとの動きは、それまでもしばしばあったが、決定的なときがきた。昭和四十五年（一九七〇）七月十四日がそのとき。佐藤栄作内閣の閣議で、しばし大臣諸公が議論を戦わせたと記録にある。ときの閣僚の主な人に蔵相福田赳夫、運輸相橋本登美《とみ》三郎《さぶろう》、通産相宮沢喜一、それに問題提起者の防衛庁長官中曽根康弘と、錚々《そうそう》たる面々が顔をそろえている。さぞや甲論乙駁《こうろんおつばく》があったことであろう。

そして佐藤首相のツルの一声――ニッポンとする。

ところが平成二十一年（二〇〇九）麻生太郎内閣のとき、国会でこれは全否定されたとか。どちらか一方に統一する必要はない――と、今度は正式に閣議決定された。

その後は勝手に、それぞれの流儀で、あるいはお気の召すままに、ニホンあるいはニッポンとやっている。ニッポンとの決定が金科玉条となっていたら、まずお江戸日本橋が大困り。日本大学、日本棋院、日本相撲協会エトセトラがこれにつづいて恐慌をきたすにちがいない。

ちなみに私はニホン派。こっちの方が慎ましくていい。

（二〇一九年七月十三日）

『孫子』と桶狭間

五月となれば、まずは桶狭間《おけはざま》の合戦である。そして、文句なしに、だれもがこの名言を思い出す。

「人間五十年、下天の内をくらぶれば、夢幻の如くなり。一度生を受け滅せぬ者の有るべきか」

幸若舞《こうわかまい》曲「敦盛《あつもり》」である。ときに永禄《えいろく》三年（一五六〇）五月十九日、二万五千の今川義元軍の来襲の報告を、清洲城にあって織田信長は聞いた。自分の手勢は約二千。衆寡《しゅうか》敵せずとはまさにこのことである。しかし、信長少しも騒がず、この曲を朗々と謡い、ひとさし舞った。そして、「法螺《ほら》吹け、具足よこせと仰《おお》せられ、御物具めされ、立ちながら御食《みけ》を参り……」と『信長《しんちょう》公記』にある。乾坤一擲《けんこんいってき》、伸《の》るか反《そ》るかのまことに颯爽たる出陣である。

と、書いてきて、突然、話題が変わる。中国最古の兵法書『孫子』行軍篇には、地形にかんする記述が多くみられる。高い位置にいる敵と戦ってはならない。軍隊の駐屯地としては高地はよろしいが、低いところはいけない。などなどの中に混じって、窪んだ地形は「天陥《てんかん》」といって、近寄ることは危険きわまりないとして、

「吾はこれに遠去かり、敵にはこれに近づかしめよ」

と説く一節もある。

今川義元が本陣を布いた桶狭間の中の田楽狭間は、まさしく「天陥」の地で、森と泥田に囲まれた窪地である。信長はこの情報を手にしたとき、ニンマリしたにちがいない。

さらに『孫子』軍争篇には、こんな穿《うが》ったことも書かれている。

「朝の気は鋭、昼の気は惰《だ》、暮れの気は帰」

すなわち、軍隊というものは朝は気力充実し、物凄く強いが、昼ごろはこれが衰えだし、夕暮れともなると気力はなくなってしまうもの、という意である。身に覚えがある。昼飯を食った直後なんか、サラリーマンはごくごくダラケてしまうもの。ゆえに指揮官たるものは「鋭気を避けて、その惰帰を撃つ」べし、ということになる。

今川軍は窪地に陣どり、のんびり昼飯を食べているところを奇襲されたから、あたら大軍を擁しながらアッケなく敗れた。信長は『孫子』をしっかり読んでいたことがわかる。

（二〇〇九年六月）

「風林火山」という言葉

風か　つぶてか　隼か
飛ぶ矢の如く唯一騎
「いづくにありや　信玄は
越後の法師謙信が
一太刀まいる切れ味を」

子供のころに読んだ絵本にあった児玉花《か》外《がい》の詩で、勇壮な武者絵がついていたことが思いだされてくる。時に永禄四年（一五六一）九月十日、いわゆる川中島合戦の武田信玄・上杉謙信の一騎打ちのクライマックスである。ただし、この「戦国の華」といわれる合戦の話は眉唾《まゆつば》であると、かつて喝破したら、えらく評判が悪かった。やはり謙信が太刀をふるって信玄の本陣に斬り込んでいく凄《すさ》まじい戦いとしておかねばいけないらしい。

さて、話は、一騎打ちのことでなく、このときの信玄の本陣にひるがえっていた旗のことなのである。まず大将旗ともいうべき「諏訪法性」の旗。これは横四十三センチ、長さ四・三メートルの赤地の絹に金泥で「南無諏方南宮法性上下大明神」と、信玄の直筆で書かれている。それに新羅《しんら》三郎義光から武田家歴代に伝えられた「日の丸」の旗。加えてこの日に初めて立てられたという「孫子の旗」ということになる。実はこれが問題なのである。
この旗は信玄が愛読していた『孫子』にある文句で、横七十九センチ、長さ三・八メートルの紺地の絹に、金泥で二行に書かれている。恵林寺の快川《かいせん》国師の筆になると伝えられている。

疾如風徐如林侵
掠如火不動如山

これを「疾《はや》きこと風の如く、徐《しずか》なること林の如く、侵掠《しんりやく》すること火の如く、動かざること山の如し」と読んで、この旗を「風林火山の旗」というのはご存じのとおり。そこで井上靖の小説が『風林火山』、新田次郎の大長篇『武田信玄』は「風、林、火、山」の四部に分れているように、いわば信玄の代名詞として風林火山がある。
ところが、である。この四文字は本家の中国の文献にはどこにもなく、熟語となった形跡もまったくない。つまり古典中国の四文字ではなく、和製の、しかも現代小説の題名としてつくられたものならんと判明した。これを知ったとき字義どおりア然として、私は動かざること山の如き状態となった。

（二〇一九年十月）

百代の過客にして

ついこの間に正月を祝ったばかりなのに、いやはや、アレヨアレヨという間に、歳月が通過していく。老骨は老いゆくを悲しみ茫然たるのみ。

こういうときには、ごく自然に、中学生時代に暗記させられた松尾芭蕉の『おくのほそ道』の冒頭の名文句が思い出されてくる。

「月日は百代《はくたい》の過客《かかく》にして、行きかふ年もまた旅人なり」

芭蕉がこの見事な作品を書き上げたのは元禄七年（一六九四）であり、実際に旅をした元禄二年からは五年もたっている。五年間もいろいろと考えつづけた結果に、やっと辿り着いたのがこの「人生は旅」の境地というところならん。やっぱり、即席じゃいかんのだよ、とずっと教訓にしてきた。

ところが、である。じつは、つい先日、ガクのある友人から面白からぬ事実を教えられ、ガクゼンとなった。

「おぬしが学校で、これを習ったのはもう六十年も前のことであろうから、知るべくもなかったであろうけれど、この一行は中国は唐の詩人の李白の詩句を踏まえているのじゃよ」

　さすがに、開いた口が塞がらず。まさしく月日は旅人、行ったきりで戻ってこない。その李白の詩句とは、

「夫《そ》れ天地は万物の逆旅《げきりよ》、光陰は百代の過客、而して浮生は夢の如し」

逆旅＝旅宿、過客＝旅人。

　友人の言うには、李白のこの詩句は、どうやら元禄の当時はよく知られたものであったらしい。井原西鶴も『日本永代蔵』という浮世草子で、「人間、長くみれば朝《あした》をしらず、短くおもへば夕《ゆうべ》におどろく。されば」と書いたあと、李白のこの「夫れ天地は万物の……」をそのままに使っている、という。

　いらい、たとえば芭蕉の句に感心するたびに、目を皿にして、踏まえている原典探しをやることにした。そしてやっと一句、みつけたのである。

　　閑《しずか》さや岩にしみ入《いる》蟬の声

　これは間違いなく六朝は梁の詩人・王籍の五言古詩「若耶渓《じゃくやけい》に入る」、

蟬噪林逾静
（蟬さわぎ林いよいよ静かに）
鳥鳴山更幽
（鳥鳴き山さらにひそやかなり）
これを踏まえているに違いないと。どんなものでありましょうや。

（二〇〇六年三月）

第四章　ことばの世界

悪口の多種多様

拙著『漱石先生ぞな、もし』で、一度ふれたことがあるが、『吾輩は猫である』のなかに、主人公が奥さんにたいして、お前はオタンチン、パレオロガスだよ、と悪口をいうことが書かれている。奥さんは「オタンチンと云うのが禿《はげ》と云う字で、パレオロガスが頭なんでしょう」とぼやいている。

また、鏡子夫人の回想録でも、

「どうせおまえはとんまだよといった意味なんだろうとは察しましたが、はっきりしたわけがわからない」

と語っているから、小説だけではなく、実生活でも漱石はオタンチンパレオロガスとやっていたとわかる。

拙著では、これが東ローマ帝国の皇帝の名からでていると説明した。巌谷《いわや》小波《さざなみ》の『世界お伽噺《とぎばなし》』にちょいちょい登場するコンスタンチン・パリオロゴがその皇帝の名で、それを漱石がもじって悪口用に使ったもの、とも書いておいたが、それがどうも違っているらしいと近ごろ発見した。

じつは一四五三年に、ビザンチン帝国が滅亡した。そのときの最後の皇帝はコンスタンチヌス十一世で、ふつうコンスタンチン・パレオロガスといわれていたというのである。ただし、生半可《なまはんか》な西洋史の本なんかには、ビザンチン興亡史なんかでてこないそうで、漱石先生はいったいどこでこの知識を仕込んだものやら。およそ駄洒落《だじゃれ》の源がそんなところにあるとは知らぬこっちは、皮相なところでわかったつもりで悦に入っている。嫌になってしまう。で、『坊っちゃん』の啖呵風にいえば、わたくしなんか「愚物で痴《し》れ者の、抜け作の頓痴《とんち》気《き》の、盆暗《ぼんくら》野郎の、唐変木の、木《で》偶《く》の坊の、朴念仁《ぼくねんじん》の、表六玉《ひょうろくだま》のべら棒め」ということになろうか。

ついでに書くと、かつて『アメリカ俗語辞典』（研究社）の Fuck you という罵声語の訳の面白さに、腹をよじって畳の上をころげ廻ったことを想いだす。

「（中略）にゃろめ、脳たりん（め）、ばかこくな、ばかったれ、ばかも休み休みいえ、ばかやろう、ばかやろくそして寝ろ、罰あたりめ、ばっきゃろー、ばーろー、ばーろーばーろー、ひっこめ、人でなし、人をなめるな（ってんだ）、ぶっころされんな、……」まだまだつづくが、紙数がなくなった。心から訳者の堀内克明氏の努力に敬意を表したことであった。

（二〇一一年二月）

言葉をつくる

このところ必要あって明治時代のことを調べるため、古書など数多く読んでいる。読めば読むほど明治人は偉らかったなとあらためて脱帽する。

近代国家建設のため西洋の文物をどしどし採り入れ、どうにか血と肉に化しえたのは、先覚者たちの漢字による造語能力や、古語を外国語の意味に合わせて換骨奪胎した智恵に負うところが大きかった、とつくづく思う。

たとえば夏目漱石。『吾輩は猫である』八章に、「まず今日のところでは人為的逆上は不可能のこととなっている」とでてくるところの「不可能」。申すまでもなく、英語 impossibility の訳語で、何の気もなく読みすごしてしまう。が、これがきちんとした辞書に載ったのは、明治四十二年刊『新訳和英辞典』が最初であるという。八章が書かれたのは明治三十八年十二月であるから、漱石が時代の尖端を切って「不可能」を使ったといえなくはない。

調べてみると、漱石は言葉にかんしてはきわめて前衛的であったのである。新陳代謝（『野分』二章）、生活難（『三四郎』十章）、正当防禦《せいとうぼうぎょ》（『草枕』十一章）、自由行動（『三四郎』六章）、世界観（『虞美人草』十四章）とぞくぞくでてくる。近ごろ流行《はやり》の「電力」も『吾輩は猫』十一章が初出らしい。

あに漱石のみならんや。で、いちばん多く新造日本語をこしらえた大親分は森鷗外であるらしい。交響楽、長篇小説、短篇小説、詩情、空想、民謡、女優、男優……。

どうやら明治の作家諸公は新語のひとつもつくらなければ笑われたようで、有名なところでは、情熱→北村透谷。義務→坪内逍遥。雑木林→国木田独歩。猟奇→佐藤春夫。学者だって決して負けてはいない。倫理学、美学、人格、意識、絶対→井上哲次郎。文学、哲学、主観、客観、権利→西周《あまね》。自由、演説、鉄道→福沢諭吉。活動写真、社会、主義→福地桜痴。標準語→上田万年。大和民族、日本アルプス→志賀重昂《しげたか》。宣伝→水野広徳……。

まだあるが以下は略。

ともあれ、これら先覚者たちの奮闘努力の甲斐あって、いま、私たちは文章も書ける、会話もスムース。それにくらべて……と、だんだん元気がわれらなくなっていくのを如何《いかん》せん。

（二〇一二年九月）

消えた軍隊用語

秋になると女学校の生徒さんの制服がいっせいに変る。ほとんどが黒か濃紺。まことに壮観だと思う。背に大きな四角い襟をだして垂れ、それが風にひらひらするのがいい。あのスタイルは、一九世紀中頃にイギリス海軍で採用された水兵《セイラー》さんの制服が最初であったそうな。日本では明治時代の中頃から子供服になり、やがて女子学生の制服になった。これを戦争中はジョンベラといった。ジャンパー（jumper）が語源で、それが訛《なま》ってジョンベラになったという。

戦記小説や戦記ノンフィクションなんかによくでてくる。たとえば森史朗の『敷島隊の五人』には「甲飛十期生たちは、第一日目に〝ジョンベラ〟の水兵服を支給され、身分は最下級の海軍四等飛行兵と聞かされてショックを受けた」といった風にである。

戦時下の軍隊用語はいまはみんな死語となっているが、戦記小説でそれらにぶつかったりすると、老骨はある種の懐かしさでついホロホロとなる。それで収集した一部をご紹介する。

精神棒＝海軍で制裁のため上の者が下の者の尻をぶっ叩く棒のこと。

「貴様陸軍か海軍か。なに陸軍、よおし、じゃこれから海軍の精神棒の味を教えてやるぞ」（大岡昇平『俘虜記』）

オスタップ＝海軍の洗濯タライ。

「戦争中世間で『敵性国語の廃止』が叫ばれ出してからも、海軍の洗濯盥《たらい》は最後まで『オスタップ』であつた」（阿川弘之『軍艦長門の生涯』）

ばた＝陸軍で歩兵を軽蔑していった言葉。ばたばた歩くから。

「ついでにいうと、騎兵……バキ。馬狂である。砲兵……ガラ。砲車をガラガラと引っぱる。工兵……ドカタ。説明の必要はないだろう。航空兵……トンボ。輜重《しちょう》兵……ミソ。運ぶ味噌にみそっかすの意がこめられている」（村上兵衛『桜と剣』）

ナイス＝海軍の隠語で美人のこと。

「あの一緒に行つた青いスエーターが、和田の専属で仕事をしてゐる、有名なるナイスだ」（阿川弘之『春の城』）

ボカ沈＝敵の魚雷攻撃や爆撃をくらって艦船が沈没すること。

「『ボカチンくらってカマボコになった』のかも知れなかった。『カマボコ』とは、サメの餌食になったの意味であろう」（山本七平『私の中の日本軍』）

（二〇一二年十一月）

言語道断である！

このたびの後藤（健二）さんと湯川（遥菜）さんの無残な死にたいしては、ほんとうに深い悲しみを感じ、いうべき言葉もない。新聞やテレビで多くの識者が「言語道断である」と口をきわめて批判するのに、心から同感している。

今回はその言語道断について。

この言葉は仏教語で、もともとは仏の教えの真実は深妙で、言葉でいいあらわしたり、その意味内容を説明したりすることはできないの意であった。一遍《いっぺん》上人の語録に「唯声にまかせてとなふれば、無窮の生死をはなるる言語道断の法なり」とあるという。

くわしくは省くが、一切の言語の道が断える、言葉で説く道はない、ということから

「道」がのちに「言う」という意に読まれるようになったようなのである。中国の『朱子語類』という本には「言語道断、心思路絶」と対になってでてくるそうで、道と路とが呼応してそもそもは「みち」であって、それも「もってのほか」というのと違って、『一遍語録』にあるように、むしろほめ言葉であったようである。

それが悪い意味としてだけ使われるようになったのは、いつのことかわからない。謡曲「安宅《あたか》」なんかには、「安宅の湊に新関を立てて、山伏を固く簡《えら》ぶとこそ申しつれ、言語道断の御事にて候ものかな」と、とんでもないこと、もってのほかのことの意で使われているから、室町時代には真っ向から悪いことを責める言葉となっている。それも「言語道断！」と単独に使われ、「ああ、何というひどいことだ」の意ばかりである。たとえば謡曲「道成寺《どうじょうじ》」には「言語道断。か様の儀を存じてこそ、固く女人禁制の由申して候ふに」とある。あれほど女人禁制と申してあるのに、ああ、何ということか、との大歎きに歎く言葉なのである。

仏の教えは玄妙で言葉で説く道《みち》はない、の意がつまって、言葉で道《い》えない、となり、それがさらに、あまりのひどさに言葉にならないとなる。言葉の変化も妙なら、ほめ言葉が断固たる非難の意となる、この辺の意味内容変化もまこと言語道断（？）であるな。

なお、これを言語同断と書く人がいるが、これは誤り、と断定したいが、江戸時代にはこう書いている本がいくつもあるんで困るんですな。

（二〇一五年四月）

世界人物鑑定法

地球は狭くなった、とはよくいうけれど、そこに住む人たちはそれで少しは変ったのであろうかと、このごろ突然考えることが多くなった。何かでっかい世界を揺るがすような事件が起きるたび、各国の反応をみると、どうも余り変っていないのではないかな、とつい思ってみたりする。

そしてタイタニック号沈没に関する世界で通用しているジョークをあらためて思い浮かべるのである。もはやアカンとなって船長が乗客たちを救命ボートを浮かべた海に飛び込ませようとする。五階建てのビルの屋上ぐらいある高いデッキから、よしきたと気楽に飛び下りる奴はいない。そのとき船長が各国人の耳にささやくマニュアルがある、という話である。

アメリカ人には「いま飛びこめば、あなたは英雄になれますぞ」

イタリア人には「救命ボートには美しい女性が沢山乗っておりますぞ」

ドイツ人には「海に飛び込めという法案が、いまお国で可決されました」

あとは忘れたが、日本人乗客にたいして船長がささやく言葉は、なぜか忘れることができないでいる。

「日本人のお客さんは、みんなどんどん飛び込んでおられますぞ」

付和雷同して一点集中、みんなで渡れば恐くない、それこそ日本人の特性なりと、世界の人びとが思っている、という笑うに笑えない話である。

もう一つあった。世界人物評価法ともいうべき指摘が。ただし、これは日本のある大学教授が考案したもの。
・ド　イ　ツ　What does he know?
（彼は何を知っている男か）
・フランス　What examination did he pass?
（彼はどんな試験に合格したか）

・アメリカ　What can he do?

（彼は何ができる男か）

・イギリス　What is《（ママ）》 he like?

（彼は何が好きか）

そして残ったのがわが国。これが何ともはやいい所を衝《つ》いている。

・日　本　What school did he graduate?

（ヤツはどこの学校を出たか）

人物を問わず、能力を問わず、知識を問わず、ただ出身学校で判断する。「高位高官にある者はただ肩書あるのみ」とその教授はいったとかいう。

（二〇〇六年二月）

ケンケンとカンカン

妙なタイトルをつけたが、要するにケンケンゴウゴウとカンカンガクガクについて、である。漢字で書けば喧喧囂囂と侃侃諤諤。ほとんどの人が字引きを見ないと、とても書くことのできない漢字である。そのくせ明治このかた盛んに日本人はこの言葉を使ってきた。たとえば、明治の思想家中江兆民《なかえちょうみん》が伊藤博文を評した一文が文集にある。

「喉頭《こうとう》の筋を張りて侃々諤々抗議するよりも、翻然引退の態を示して……」

また、明治末の『東京年中行事』（若月紫蘭《わかつきしらん》）にも、こんな記載が見える。

「早大慶応の連中また負けじ劣らじと弥次る。かくして喧々囂々の間に、名物の各学校選手競争は行はるる……」

　駒場の農大運動会の項である。

　もう一つ例をあげると、菊池寛の「話の屑籠《くずかご》」という「文藝春秋」の名物記事にもある。昭和七年のもの。「日本の現在に於て、言論の自由がなくなっているのは、一番嘆かわしいことだと思う。十年前二十年前には、まだかんかんがくがくの議論が、きかれた」

　自身に漢字で書く自信がなかったのか、ひら仮名になっているのがおかしいが、ま、こんな風に盛んにこの二つの言葉は使われていたのである。

　この頃はあまり使われなくなったのか。それだけに、二つの言葉を「ワイワイがやがや、大いに騒ぎ立てるさま」と同じように解する人が多くなった。私の周辺にも数多くいる。

それは間違いなのである。喧喧囂囂のほうはまさに「人々が口々に喋りまくってやかましいこと」。囂囂とは声や音の騒がしいという意で正しいが、侃侃諤諤の意味は違うのである。諸橋轍次『大漢和辞典』にはこうある。

「剛直で言を曲げないさま。忌《き》憚《たん》なく直言するさま」

侃は剛直であること、諤は直言するさま。となると、菊池寛の「話の屑籠」は勘違いして使われているのではないかと思われてくる。いやいや、菊池ばかりではなかった。坂口安吾も、

「戦争だ、敗戦だ、民主主義だ、悲憤慷慨、熱狂協力、ケンケンガクガク、力みかえって大変な騒ぎだけれども……」

とやらかしている。「青鬼の褌《ふんどし》を洗う女」という小説で、こっちは二つをゴチャゴチャとまぜている。現代人が間違っても仕方のないことか。

（二〇一六年七月）

ケ・セラ・セラが一位

大町桂月《おおまちけいげつ》といってもいまはほとんどの人が「そんな人は知らん」とそっぽを向くであろう。土佐出身の評論家で高山樗牛《ちょぎゅう》（こっちも知らんか？）とともに、明治のジャーナリストとして快論をもって、青年や学生に勉強せよ、とムチを大いにふるった人である。

妙なことで明治三十五年（一九〇二）秋に初版の『続学生訓』というこの人の短文集を読む機会があった。新世紀を迎えて、日本の若き人びとよ、いまこそ奮起せよ。いまの世界にあっては「実業発達して国富み、従って兵強く、兵強くして国はじめて栄ゆ」のであるぞ、と叱咤激励している。

さらに大町桂月は書いている。

「日本は実に東洋の運命を双肩に担《にな》うて立てる者なり。（中略）三千年来の独立国の体面をたもたんには、是非とも戦うの覚悟なかるべからず。戦わんには、兵の強きを要す、国の富むを要す、実業の盛《さかん》ならんを要す、学問の盛ならんを要す」

これぞ、すなわち明治日本を象徴するスローガンたる「富国強兵」ということなのである。が、この本をパラパラしながらこんな強い言葉にいくつも出会っているうちに、これが一世紀も前の言葉ではなく、いま盛んにいわれているのと同じじゃないか、と、ふと、思えてきてならなかった。「戦うの覚悟なかるべからず。戦わんには、兵の強きを要す」なんて、どこかの国の指導者がいまも吼《ほ》えている。

ところで、いまから四年前の平成二十五年の朝日新聞に載った記事なのであるが、いまの日本人が人生訓として「真実だ」「なるほど」と納得できる読者のことわざ20選があり、他を引き離していちばんの票を得たのが、

「明日は明日の風が吹く」

であった。当時の投票者の感想は「世相がとにかくネガティブな傾向にあるため、肝に銘じて前向きに物事を考えるよう努力しています」（福岡、73歳男性）、「明日は明日の風が吹く、と思っていないと身が持たないかもしれない、と思う今日このごろ」（東京、65歳女性）と。今日とは違ういい風が吹いてほしいと、当時の人は願ってこれを第一位に選んだらしい。ケ・セラ・セラの刹那主義じゃなかった。

いまなら、さて、どうであろうか。

（二〇一八年一月）

「義」という字

白川静さんの『常用字解』（平凡社）を読んでびっくりした字が一つある。正義、忠義、義人、恩義など、いずれもいいことに使われている「義」である。日本人はこの字が好みに合うらしく、義家《よしいえ》、義光《よしみつ》、義経《よしつね》、義仲《よしなか》……源氏の武将がいずれも人気があるのは、義のせいではないかなと思ったりしている。その字が、なんと、白川さんによると、こう解されている。

「羊と我とを組み合わせた形。我は鋸《のこぎり》の形。羊を鋸で截《き》り、犠牲《いけにえ》とすることをいう。儀式のときに供えるいけにえには、羊を使うことが多く、鋸で二つに切り離して供えた」

つまり、羊は角《つの》や蹄《ひづめ》に欠陥がないだけでなく、内臓にも何らの病気のないゆえ、神に供える犠牲としての条件をすべて満たしているというのである。ゆえに、この欠陥のないことを「義《ただ》しい」といい、のちに「正しい、よい」の意味に用いられるようになった、と白川さんは解説する。

へェー、と思うとともに、いまの世に使われているいろいろな義のつく言葉が自然と思いだされてきた。義侠、義理、義勇などはすべて「私心を捨てたオトコギ」ということであって、「義によって助太刀いたす」も、このなかに入るか。そういえば昔々《むかしむかし》には「義夫」という言葉もあった。「妻に先立たれても再婚しない夫」という意味であったが、そんな殊勝な男はどこにもいなくなった。で、死語である。

最近はあまりとりあげられなくなったが、忠臣蔵の物語。歌舞伎芝居や映画でやればかならず大当り、といわれた時代があった。大石内蔵助《くらのすけ》以下四十七士の面々は「赤穂義士」とよばれてミーちゃんハーちゃんに尊敬された。この義士も近頃は見かけなくなった。「義は君臣、情は父子」も昔はしきりにいわれたが、いまはこれも死語。

……いや、そんな文字だけでなく、テレビなんかで鶴田浩二が耳に手をやって歌うイキな姿も思いだされてきた。「〽義理がすたればこの世は闇だ……」（「人生劇場」作詞・佐藤惣之助／作曲・古賀政男）。そうなんですな、鶴田兄ィ、いまの日本はその闇の世でござんすな、と何となくいいたくなってくる。

どこかに「義を見てせざるは勇なきなり」と世直しに立上る男の中の男はいないかしら。

（二〇一九年四月）

ドッコイショ!!

俳句の夏の季語に「山開き」がある。諸国の山に登る第一日なので、その山に鎮座まします神さまによって日は一定していない。たとえば、富士山は七月一日、日光二荒《ふたら》山《さん》は八月一日ということになっている。

もうずいぶん昔のことになるけれどその七月一日を期して富士山に夜通しで登ったことがある。いや、もうビックリしたの何のって、山肌にびっしり人また人で、富士銀座といわれるわけだと大いに納得したことであった。敬虔《けいけん》なる登山者は「六根清浄」と唱えながら一歩一歩踏みしめていく。こっちも「ロッコンショウジョウ」と負けずに大声で唱えたりしてみたが、何を意味するかわかっていなかった。

のちに『太平記』十八「比叡山開闢《かいびゃく》事」でこんな一文にぶつかった。

「是れ慚愧《ざんき》懺悔《ざんげ》の教主たり。六根罪障の我等何ぞ之を仰ぎ奉らざらんや」

要は教主となれるような聖人と違いわれら凡夫は「六根」に罪汚れをもっている、ということとわかった。そしてその六根とは、眼・耳・鼻・舌・身・意のこと。その罪障とは、眼は不浄のものを見る、耳は不浄の音を聞く、鼻は不浄の匂いを嗅ぐ、舌は不浄のものを食す、身は不浄のものにふれる、意は不浄のことを思うことであるという。いまの日本に生きていれば、いや応なしにそうならざるを得ない。

そこで、それらの不浄を見ず、聞かず、嗅がず、食わず、さわらず、思わず、聖なる山に登りつつ身も心も清浄無垢になることを、六根清浄という。そう唱えることはそうなりたいという神への祈りを唱えることになる。

仏教語では、この六根清浄を略して「六根浄」という。そこでものは試しと、六根浄、六根浄、六根浄、六根浄……と、無限に早口でくり返していると、いつか「どっこいしょ」と唱えていることに気づく。われら老骨が立つとき、坐るとき、寝るとき、起きるとき、無意識のうちに口から飛びだす、かの「ドッコイショ」がこれなり。

行住坐臥《ぎようじゆうざが》、われらの祖先はいつでも清浄潔白でありたいと、祈りの掛け声をかけていたのである。世の爺さま、婆さまよ、このよき伝統にならって、これからは遠慮することなく祈ろうではないか、「ドッコイショ」と。

（二〇一四年八月）

「欠」と「欽」の違い

前にもいっぺん書いたことがあるかもしれないが、終戦直後の昭和二十一年（一九四六）十一月十六日、内閣告示で当用漢字（当時こういった）は一八五〇字と発表されたとき、大いに頭を悩ませたものであった。当時中学生であった私はこれで試験が大いに楽になるとほくそ笑んだのが間違いであったからである。

「拷」「隷」なんて字画の多いのが残されたのは「憲法のなかにこの字がすでに入っている」からのこと。かわりに「皿」や「鍋」や「釜」は枕をならべて討ち死にした。当り前だよ、空襲で焼けてそんなものありゃしないじゃないか、と悪い冗談がはやった。

女性に関連の深い「奸」「姦」「妖」「嫉」が消えたのは、男女同権の世になったんだぞと痛感されたし、「妾」がすっ飛んだので、ああ将来の夢が失われたと、天を仰いで大いに歎いたものであった。そんなことが思いだされる。

この漢字制限はその後に若干の手直しがあってふえて、いまは常用漢字二一三六字となっているが、いぜんとして文藝春秋の「藝」は生き返らずに、「芸」のまま。「芸」はゲイとは読まず、この漢字の音はウンなんだ、といくらいっても聞いてもらえない。もともと音も意味も違う字を当てはめるのはおかしいのである。

それと出版記念会とかパーティとかの案内状や招待状にくっついている返信用はがきには「出席」「欠席」と並べて印刷してあって、どちらかを消して下さいとある。この「欠」という字である。目にするたびにいまも妙な気分になってくる。「欠」の音はケンであって、ケツではない。

正しく書けばこれは「缺」なのであって、「欠」と「缺」はもともと別個の漢字なのである。同じように本来別個の漢字なのに用いられているものに「燈《トウ》」と「灯《チョウ》」、「罐《カン》」と「缶《フウ》」などがあるが、こっちはあまりひんぱんに目にふれないが「欠」は困る。しょっちゅうお目にかかる。

今日もパーティの案内状が来た。それで無駄と知りつつ、出席も欠席も両方の文字を消してから、わざわざ欠席の下に缺席と書き加えることにした。爺《じじ》いはいよいよもって頑迷になりつつあるようである。

（二〇一七年十二月）

「うんうん押すのです」

久しぶりに夏目漱石の『書簡集』をパラパラと拾い読みした。まったく漱石は筆まめな人で、手紙をたくさん書いていて、しかも一通一通、心のあたたかさが伝わってくる。ネット全盛のいまの時代にこんな人はいない。

なかでも大正五年（一九一六）八月二十四日付の芥川龍之介と久米正雄あての長い長い手紙がいい。そのおしまいのところで、若い人が世に出て仕事をして生きてゆく上での、心得のようなことを親切に書いている。これがすこぶるいいので長く引用する。

「世の中は根気の前に頭を下げることを知っていますが、火花の前には一瞬の記憶しか与えてくれません。うんうん死ぬまで押すのです。それだけです。（中略）牛は超然として押して行くのです。何を押すかと聞くなら申します。人間を押すのです。文士を押すのではありません」

つまりは、つまらぬ世の中の評価などに一喜一憂するなかれ。問題は文士（世間）ではなく、自分自身。世の評判なんかには超然として牛のように力強くいいものを作ろうとだけ努力したまえ。漱石は二人の若い作家にそういって激励をしているのである。

と、漱石の言葉に叱咤されているような心持になっているそばから、何となしに『徒然《つれづれ》草《ぐさ》』にも同じような言葉があったような気がしてきた。さっそく調べてみたら、百八十八段にどうやらそれらしいものを見つけた。

「されば一生の中《うち》、むねとあらまほしからん事の中に、いづれか勝るとよく思い比《くら》べて、第一の事を案じ定めて、その外は思い捨てて、一事を励むべし」

　いやいや、兼好法師だけではない、芭蕉の『笈《おい》の小文』にも同じ意の言葉があった。考えてみると、あれもしたい、これもしたいと、目の前のことばかりに心をとられて月日を過ごしてきたが、結局は俳句の道一筋につながって生涯を過ごしてきた。すなわち、

「ついに無能無藝にして只此《ただこの》一筋に繋《つな》がる」

と芭蕉もいい言葉を残している。

　漱石といい兼好法師といい芭蕉といい、時代を超えて同じことをいっているのではないか。で、「うんうん押すのです」――この言葉を近ごろの若い人たちに贈りたくなった。

（二〇一八年十月）

第五章　わが体験的昭和史

相撲改革　四本柱の思い出

大相撲九月場所も二十二日が目出たく千秋楽《せんしゅうらく》。寄る年波で東京場所になっても見物に行かなくなったが、その昔はこれでも大の字のつく相撲ファンであったのである。

それで、戦前の、子供のころ両国国技館へいって、双葉《ふたば》山《やま》、玉錦《たまにしき》時代の大相撲をみた記憶では――と、少々得意になって書くのである。土俵の四隅には、黒、青、赤、白の布の巻かれた四本柱が立っていて、それらが神明造りの大屋根をガッシリとささえていた。この土俵風景を、その目で見た人は少なくなったであろう。

それが、戦後も一九五〇年代に国技館に久しぶりに出かけたときには、もう四本柱はとっぱらわれていたではないか。かわりに黒、青、赤、白の房が、天井からつるされた屋根の四隅にぶら下がっていた。初めてこの四本柱なき土俵を眺めたとき、何となく威厳に欠ける気が大いにした。が、しばらく取組を楽しんでいるうちに、なるほど、このほうが見やすいわい、とあっさり合点してしまった。

それで調べてみたのである。この思いきった改革（?）を英断したのが、武蔵川親方であると知った。昭和二十七年（一九五二）九月のこと。古いしきたりを守りたがる親方たちを説得しての、四本柱廃止であった。

「そのほうがお客に喜んでもらえるから」と。

実は、そのウラにNHKのテレビ中継の話があったらしい。事実、テレビの放映開始は翌二十八年の夏場所からなのである。四本柱をとっぱらったことが大成功となったのはもちろんである。今はテレビ桟敷《さじき》で老骨は大いに楽しませてもらっている。

このように改良の容易でない相撲界で、とにかく綿々として保ちつづけられているものの一つに番付がある。諸説があるらしいが、今の形になったのは宝暦《ほうれき》七年（一七五七）の十月場所。これが正しかろうと思っている。そして勝負の星取表ができたのは宝暦十一年十月場所。

なんていかにも相撲通らしい書きっぷりはこれでやめるとして、話を脱線させる。この相撲番付に発して、この世にはさまざまな面白い番付がつくられている。「広告批評」の特集にあったコピーライター土屋耕一氏作るところの「ありそで、ないもの」番付。これがすこぶるおかしい。

〈東〉

・横綱　当りクジの予感

・大関　宇宙人の観光客
・関脇　象の血圧計
・小結　ミッキーマウスのヘッドホン

〈西〉

・横綱　埋蔵金のお告げ
・大関　ゴジラの化石
・関脇　蛇の身長計
・小結　魔法使いのおじいさん

ページの関係で引用がほんの一部なのが残念である。

（二〇一九年九月二十一日）

人が神になる話

いまも墨田区八広に鎮座まします三輪里稲荷神社の正面、境内といってもいいところに、わたくしは生まれて育った。毎年、初午の日に、串に刺したこんにゃくを神社では売り出す。これを有難く戴くと、一年じゅう風邪をひかないですむという縁起があって、むしろ「こんにゃく稲荷」としてあたりでは知られている。わが悪ガキ時代、その日には、それこそ年に一度こっきりのお賽銭をあげて、こんにゃくを買ってもりもり食ったものである。そのくせ人並みにしょっちゅう風邪を引いていたが、効能をゆめ疑うようなことはなかった。

また、神社本殿を天守閣に、境内をわが城下町とみなして、隣町の腕白どもを相手に、その侵入を迎え撃って大いに喧嘩に明け暮れした。とにもかくにもお稲荷さんこそはわれらが守護神なりと信じていたから、喧嘩の前には、パンパンと精一杯大きな音がするように手を拍《う》って必勝を祈願する。結果として、見事、好敵手どもを境内から追い出すことができたときは、わが子分ともどもなけなしの小遣いを出し合って、大きな油揚げを一枚、お稲荷さんに恭《うやうや》しく捧げたものであった。

こんなふうであったから、幼少のころよりお稲荷さんにはずっと親近感をもっている。といって、お稲荷さんの祭神がいかなる神さまであるかについては、まったく知ろうともしなかった。縁起ものがこんにゃくではなくてがんもどきであったとしても、何ら不思議にも思わずパンパンとやっていたことであろう。大袈裟にいえば、祭神が何神であろうと構ったものではない。日本古代からいうヤオヨロズの神々のお一人であろうぐらいに思っていたのである。

考えてみると、このヤオヨロズの神々を信じているあたりの日本人は、まことにおおらかなものであったように思う。それこそ「捨てる神あれば拾う神あり」で、ギチギチと一神を拝み奉るわけではなかった。それこそ落語「景清」の啖呵「やい観音、観公、尻食らい観音、よせ、馬鹿……騙《かた》り、詐欺、盗ッ人、観音の馬鹿ッ」と、頼みとしていた御利益がないと毒づいたりしている大人がまわりにはいっぱいいた。こうした大人にくっついてわたくしなんかも臨機応変、ときにお稲荷さん、ときに不動さんを、ついでに野原の真ん中にたつお地蔵さんを一所懸命に拝んでいた。とくにお稲荷さん好きであったから、どこの稲荷大明神であろうと「神社がそこにあるから」と、かまわずに丁寧に頭をさげてムニャムニャと意味のないことを口に念じてただ祈ったものである。

長じて小学校の上級生になりかかるあたりになってから、日本の神々はだんだんに厳《いか》めしくなりはじめる。ちなみに昭和十五年の紀元は二六〇〇年の祭典のとき、わたくしは十歳で小学校三年生である。そのころ国家の上に不吉な雲がいっぱいに覆い出した。日中戦争はドロ沼化し、対米英関係も日々険悪となり、情勢は深刻化をたどるいっぽうで、いつカラリと晴れるものやら、お先き真っ暗。そして団体でお詣りにいくのは明治神宮、靖国神社、東郷神社に乃木神社。もちろん、これらの立派な社ばかりではない、そんじょそこらの祠にたいしても、拝礼の仕方にやたらと文句がつく。悪戯《いたずら》半分にペコリというわけにはいかなくなった。厳粛に、そして真剣に、精神をこめて。そしてわがこんにゃく様も出征軍人を見送るための聖地となる。

太平洋戦争がはじまり、山本五十六大将戦死、アッツ島守備軍の玉砕の昭和十八年春に、中学校に入学。このころからじつに多くの軍神が現れだした。山本元帥（戦死後に昇進）も神となり、神社が建てられるという話がしきりに言われていたのを覚えている。しかし、結局、話だけで建つ気配もなかった。当時はなぜかわからなかったが、戦後になって、「神社なんかつくったら、いちばん怒るのは山本だ」という米内光政大将の猛反対で立ち消えになったと知った。単なるヨタ話ではなかったのである。

山本元帥ばかりではない。鬼神も避けるような壮烈なる戦死を遂げた人たちは、つぎつぎに軍神とよばれ、そうでない人も神となって、靖国神社に祀られた。生徒や学生は都電に乗ってその横を通るとき、立ち上がって深々と頭をさげて感謝をし「後につづく」を誓うのである。

学校では北畠親房の『神皇正統記《じんのうしょうとうき》』を教えられる。「大日本は神国なり。天祖始めて基を開き、日神長く統を伝へ給ふ」。この日神の後裔が天皇陛下であり、さらに親房は言う。「我が国のみ此の事あり。異朝にはその類なし。此の故に神国といふ也」と。そして、この世界唯一の神国思想があればこそ、万民は神国の民、ゆえに戦場で国のために死んだ人は神となるのである、と教師は力をこめてわれら中学生のいまだ耕されずにいる頭脳に叩きこむようにして説くのであった。

二十年三月十日の大空襲で家が焼かれるまで、わたくしは何度もラジオを通して、神となった英霊が靖国神社に到着するときの儀式のさまを聞かされた。何百、何千の「御魂」が招魂斎場に招かれその名を呼びあげられる。その荘厳な儀式の実況を聞きながら、わたくしたちは一分間の黙禱をかならずうながされた。

――と、想い出話を延々とやっていてはキリがない。さまざまな体験をへているためであろうか、わたくしは神社をお詣りするのがあまり好かなくなっている。とくに近代日本になって作られた神社を。それゆえにできるかぎり敬遠というか、近寄らないようにしている。どうもウソくさくてかなわないのである。とくに人が神になるということ、それ自体がウソと申すほかはないと思うからである。

　それにひきかえて、お寺参りは相当に好きなほうである。とくに墓参り。掃苔《そうたい》という言葉があるが、それがわが趣味の一つにいれているほどである。先日も、洗足池《せんぞくいけ》の勝海舟の墓に詣でてきた。墓は五輪塔で「海舟」とだけ彫られている。いついってもあっさりとしていて、いい気持ちになれる。いつもの通りに話かける。「勝っつあん、御機嫌はいかがかな」。墓がぶすっと答える。

「きわめて悪い」

　こっちがさらに何か言おうとするより先に、

「理由か？　言わんでもわかろう。まわりをご覧な、このままじゃ日本国は瓦解じゃな」

と、背後を携帯電話で話す若いお嬢さんの甲高い声が通り過ぎていった。お蔭で対話はこれだけ。そのあと、五輪塔は、ウンともスンとも言わなくなった。でも、わたくしは満足した。

（掲載年不明）

雪おんなの話

太平洋戦争直後の、もののなかったとき、新潟県長岡市から十二キロほど離れた寒村で、私は中学生時代をすごした。きびしい冬には、二メートル、三メートルもの雪で、村全体がひっそりと雪の下に埋まってしまう。こうした雪深いところは昔ばなしの宝庫なのである。話のはじめは「昔、あったてんがな」「昔、あったてがだ」などといい、語りおさめは「いきがポーンとさけた」で、ときにはその下に「鍋《なべ》の下はガラガラ、やかんの下ボンボン」などといった。

となり村に、当時九十五歳になる小野塚キタ婆さんがいて、記憶している話は百に近いという出色の語り部であった。この婆さんの話を何回か楽しんで聞いたことがある。

そこで今回はキタ婆さんになりかわって、雪国の昔話をひとつ、文章で語ってみようかと思う。題材は、雪おんな。柳田国男監修の『日本伝説名彙《めいい》』（日本放送出版協会刊）なんかにいくつも「雪女」が載っているが、ではなくて、半ば私のつくり話の雪おんな。

《昔、あったてがだ。あるところに爺《じ》さまと婆《ば》さまがおって、雪の夜に、道に迷ったひとりの娘さを泊《と》めてやった。色白の、元気で、気だてのいい娘《こ》なんでそのまま一緒に暮らすことにしたんがて。ところで、爺さまと婆さまが不思議でならねえことは、娘さがどういっても、風呂に入ろうとしねえことでありやした。

ある晩のこと、風呂で磨いたらいっそうピカラカンと美しうなろうと思うて、とうとう爺さまと婆さまはムリヤリ娘を風呂場にいれて、戸をヒッチンと閉めた。ところが、いくら待っても娘は風呂場から出て来ねえ。そればかりか、ダボッと音がしたきりで、ポチャともいわない。

婆さまが風呂場のぞいてびっくり、『爺さ爺さ、娘がおらんがな。どこさ行ったべな』と大声で爺さまをよんで、二人して風呂場へとびこんだがて。

しかし、風呂桶の中には、娘がさしていた赤い櫛《くし》が一つ、ぽつんと浮いているだけでござったて。

いきがポーンとさけた》

寒風が吹く夜なんか、私はいまもこんな昔話をいくつも想いだすのである。

（二〇一八年三月）

戦火を乗り越えた観音さま

東京の下町では、金龍山浅草寺や浅草全体のことを、ひとくちに「観音さま」という。「観音さまに行こうか」といえばお参りついでに浅草界隈《かいわい》へ遊びにいくことであった。『寺伝』によれば、観音さまは「推古天皇三十六年（六二八）、檜前浜成《ひのくまはまなり》と同竹成《たけなり》兄弟が宮戸川（浅草寺に面した隅田川のこと）で打った網に、一寸八分の黄金の聖観音がかかり、これを土師真中知《はじまつち》が奉安したのがはじまり」という。

実はこれを聞いたり読んだりするたびにウェーと思う。なぜって、公式の日本への仏教伝来から九十年後には、遠くあずまの地、隅田川河口の漁師たちが黄金づくりの六センチ足らずの物体が仏像であると知っていたことになる。

しかもこの三人の奇特な東夷《あずまえびす》は三社権現《ごんげん》の祭神として、観音堂のとなりに祀られている。五月の三社祭で有名な浅草神社がそれであるが、いまは外国人のほうが多い見物客は由緒なんか知らず、ワッショイワッショイにあらず、昨今はソイヤソイヤとわけのわからぬ掛け声をあげる御輿《みこし》に拍手を送って眺めている。

　ところで、この一寸八分の観音さま、実は千何百年来、実際にみた人はだれもいないんだという。探偵のわたくしの調べたところでは、たったひとりたしかに拝した人物がいる。明治維新後に、明治新政府が本尊のない寺は潰《つぶ》すという政策をたてた。このときに検分にまかりでた役人がその人、という話なんである。もちろん浅草寺側は「本尊は秘仏であるから」だれが来ようと見せられない、と頑張った。しかるに、この役人はよっぽどの田舎侍であったらしく、法令を笠にきて抵抗をはねのけて、テッテイ的に調べあげた、らしい。

「秘仏本尊あらための儀、とどこおりなく相すみ候」

とだけ、明治二年（一八六九）六月十六日の浅草寺日記に記されているそうな。ただし、わたくしがその実物を見たわけではなくて、若いころに横丁の隠居的な下町の物知りに聞いた話である。

　ともかくその秘仏が鎮座ましますのが観音堂であるが、B29の空襲焼失前のものは三代将軍家光の建立という。純粋の日本建築であった。戦後復建の新しい観音堂は様式こそ入《いり》母《も》屋造《やづくり》和様三手先というが、耐震耐火の近代科学の粋を集めたもの。一寸八分の入っているお厨子《ずし》は、何かあれば自然に身をひるがえして転落し、焼けることがないようにできている。科学と宗教の握手とはこのことなり、となにかの本で読んだことがある。題名は忘れた。申しわけない次第であるが……。

とにかく観音さまは調べれば調べるほど、さすがにと感服する話がつぎつぎにでてくるが、仏様は信じるものにして探索すべきにあらず。これにて一服ということになる。

（二〇一九年五月十八日）

昭和二十年八月十八日

高見（順）さんの日記は、わたくしにとっては至宝なのである。その有難さや、貴重さや、とくに面白さを人に教えるなんて真っ平御免である。が、今回はやむなく一つだけ書くことにする。

昭和二十年（一九四五）八月十七日、『生活の探求』『再建』などの作家島木健作が死去した。そして十八日夜に、里見弴《とん》、小林秀雄、川端康成、林房雄、大佛《おさらぎ》次郎、永井龍男といった鎌倉文士たちが、島木邸に弔問のため相集まり、ビールの酔いも手伝ってか、「国破れ山河あり」のこの国のことなど、胸中の複雑な想いを語っている。同席した高見さんは、それをしっかりと記憶にとどめ、帰宅すると日記にこまかに当夜のことを残した。それは当時の知識人の戦争直後の本音というものといえるかもしれない。

　引用を簡略して紹介すれば、降伏を重臣たちの策略であるとし徹底抗戦を主張する軍部への同情論を唱えるものあり、それに反発するものありで、議論がはじまった。

「戦いを持続することは、それこそ最後の一線たる国体護持すら失ってしまうであろう。否、それどころではない。植民地にされてしまうことになる。そのことが軍部にはわからず、日本を滅ぼしてしまおうというのか」

　これに和してこういう人もあった。

「どうせ戦争犯罪者として処刑されるのだから、国民全部を道連れにしようという自暴自棄的行為ではないか」

　反論する人も堂々としていたようである。

「国体護持のため詔書に従っておとなしく敵を迎え入れる。結果、日本はどうなるのか。国体護持なんて、吹っ飛んでしまう。憲法も吹っ飛ぶに決まっている」

　そう頑張る人も、一億玉砕でぶつかれば光明が得られるかもしれない。得られなかったら国家もろとも滅びよう、という論と、もうひとつは、抗戦という強《こわ》もてで条件を有利に導こう、ただひたすら恭順というのではかえって不利だ、との二つに分かれていく。

……だれがどの説を主張したのか、高見さんははっきりと書いていないが、とにかく議論はまことに熱を帯びたことがわかる。それにしてもあまりにも場をわきまえぬことよ、と思いついたのであろうか、林房雄が島木の兄に詫びると、その人はいったという。

「いいえ、あれも議論が好きな方でしたから……」

こうした国家敗亡に直面した文士たちの議論にも感動するけれども、このあっさりしたお兄さんの返事にも、わたくしは感動を禁じえない。

ところで夫子《ふうし》自身はいかにしていたのか、が気になる。高見さんはサラリと書く。

「川端さんは終始黙っていた。私も黙っていた」と。

ギョロリと眼をむいていただけの川端さんはわかるとしても、弁の立つ高見さんにしてただ耳を澄ませていただけとは……。

そこでわたくしは同月同日の『大佛次郎敗戦日記』を早速開いてみるのである。高見さんが登場するのではあるまいか、と。

「宗源（朝比奈宗源）、国民を敵襲にさらし自分たちは穴へ隠れる工夫のみしていて何が皇軍かと激しく語る。上森（子鉄）は御大詔をそのままに受取っていられぬと云う。しかしこれは上陸を許すにしろ日本の骨っぽいところを見せてからの方がいいと云う中途半端な過激論である。永井（龍男）君、満洲の日本人は鴨緑江近くまでさがり古海（忠之）が新京へ残ったと語る。京城日報は蘇軍に接収せられ、共産派の朝鮮人が入って来て指導していると。政治犯人は既に釈放せられた由」

　こっちはこれで全文である。ご覧のとおり高見の夕の字も出てこない。

同じ席に連なっても、資質の違いがあり、いまに残された日記はこれほどに異なっている。いっぽうで秘話やニュースをもっぱら拾い、また、いっぽうで精神や思想の格闘に耳を傾ける。つまり高見さんの日記からは、そうした時代精神の動きが学びとれるのである。

（掲載年不明）

空きっ腹　胸に刻んだ　のんき節

敗戦後の初の総選挙は昭和二十一年（一九四六）四月十日に行われた。男女同権の新選挙法によるもので、立候補七十九名のうち三十九名がめでたく当選、ここに初の婦人代議士が誕生した。これは大事件ともいえるものであったからたいていの年表に特筆大書されている。

けれど、わが記憶にくっきりあるのは、このとき、のんき節の石田一松が当選したことのほうである。いま思い出すと、日本初のタレント代議士の誕生ということになる。年表にないのが残念だが。

国破れて惨禍ありの焼け野原で、かれは歌った。

〽男なら　男なら
　何をいつ迄《まで》未練じゃないか
　敗けた戦争の責任負って
　官吏代議士　みなやめろ

（「男ならやってみな」作詞・石田一松／作曲・草笛圭三）

毎日のようにこれを聞かされていたある代議士が怒り狂って「芸人風《ふ》情《ぜい》が生意気だ！」といったので、石田一松はこの初の総選挙に立候補して見事に当選したのである。そして議員バッジを光らせて、ハハのんきだねェーとのんき節を痛烈に歌いつづけた。

〽闇《やみ》肉　闇酒　闇のお米で
生きてるお方は　欲に目がくらみ
配給の食糧で生きてる奴は
栄養失調で目がくらむ
　ハハ　のんきだねェー

（「のんき節」作詞・石田一松／作曲・添田唖蟬坊）

敗戦時、新潟県立長岡中学校（現長岡高校）の三年生であったわたくしには、この皮肉なのんき節が脳裏に刻まれている。実にいい心地でこの歌を聞いていた。

そういえば、その少しあとに流行した珍教育勅語というのもあった。最寄りの国鉄の駅までの五キロの道を、朴歯《ほおば》の高下駄をカロコロ音させながら、これを暗誦して歩いた。これもひどくなつかしい。

「民惟《おも》うに、わが公課公租（税金のこと）国に収むること宏大に、配給を絶つること深刻なり。わが官僚よく誅《ちゅう》によく求《きゅう》に、億兆紙幣をくずにして、世々その非をなせるは、これわが国体の精華にして、頽廃《たいはい》の淵源《えんげん》実にここに存す。民草貧民父母に別れ、兄弟に離れ、夫婦野合し……」

あとはすっかり忘れたが、たしかおしまいは「虚名護持」であったと覚えている。

どうも愚劣滑稽なことしか記憶がないのが、残念この上ないけれども、敗戦直後のわが国は、配給制度も滅茶苦茶で、空腹で空腹でたまらない毎日がつづき、のんき節ではないが目がくらんで、こんなバカバカしいことしか覚える気がしなかった。情けないといえば、情けない限りではあるが、こんな風にお上《かみ》を嘲笑しつつ、国家再建のためにせっせと働いていたのである。

つまり人間がいかに愚劣で滑稽なのかを見定めることで、であるから奮闘努力しなければ、国を立て直すことはできないと、中学生にして考えていた。いまの若い人には想像もできないだろうけど。

（二〇一九年四月十三日）

気になる言葉、その背景に

この頃は見られなくなった、戦中・戦後の盛り場には「右や左の旦那様」とあわれみを乞う乞食《こじき》が数多くいたものであった。関連していつ頃からいわれだしたのか、気になっている言葉がある。ただし、この種の流言は発言者が不特定多数という場合が多い。即ち「乞食は三日すればやめられない」である。

それで長いこと諦めていたが、面白い新聞記事を発見し、これこそが活字になって世に流通した最初か、という気になっている。

北海道「小樽新聞」の昭和十一年（一九三六）六月十一日のもので、小樽警察署の〝鬼より恐い〟特高が行った乞食調査の結果である。

「教育程度は大学卒業一、中学校卒業三、同中途退学五、高等小学校卒業十六、同中途退学十三、小学校卒業三十九、同中途退学九十五、無学十五。大学卒のインテリも『乞食は三日やればやめられません』と乞食に満足しているところに、常人では考えられない彼らの世界があるのであろう」

というのがそれで、このときのたった一人の大学卒のインテリ氏が、この名言の最初の発言者ときめていいかと思う。それと、この記事から、中学校卒は今の高等学校卒とみて、このころの日本人の学歴の程度が察せられ、別の興味もわく。今もときどき出会うことのあるホームレスにおよそ「無学」なんていないであろうし、大学卒や高校卒はもっともっと数が多いのではあるまいか。

それに注意しなければならないのは、特高の警察官が「乞食に満足している」と観察しているところ。戦前の日本はややもすると暗鬱《あんうつ》で沈痛で貧困で生きづらい時代、と規定されやすいが、昭和十一、十二年頃は決してそうではなかったのである。満州事変のあった昭和六年からの軍需景気もあって、八年頃からの経済成長率は平均七パーセント、これは当時の世界最高で、〝躍進日本〟といわれていたのであり、昭和十二年の経済成長率は、なんと、二十三・七パーセントというではないか。戦後のバブル最盛期でさえ六パーセントであったことを思うと、なるほど乞食も三日やるとやめられなかったんだなあ、と了解できる気になってくる。

これにくらべると敗戦直後のこの国の惨憺《さんたん》たる日々。ものすごい食糧難。乞食でなくとも一日たりとくり返したくない。八月十五日から十一月十八日までの東京の餓死者の統計がある。上野、四谷、愛宕の三警察管内で総計百五十人余。そういえば、「命売ります」という看板を胸と背中にかかげた男が、銀座数寄屋橋上に立って、通る人を驚かしたのは昭和二十三年一月二十一日のこと、と記憶している。これなんか戦後日本の究極の乞食というべきか。

（二〇一九年六月八日）

漢字の国の名

先日、ある大学生に尋ねられた。

「どうしてアメリカを米《こめ》の国、フランスを仏《ほとけ》の国というんでしょうか？」

一瞬、私をオチョクッテいるのかと疑ったが、考え直して答えた。

「昔は、といっても戦前は、外国の国名や都市名を漢字で表記することが多かったんだな。アメリカは亜米利加、フランスは仏蘭西と漢字を当てた。パリは巴里、ニューヨークは紐育といった具合だったな」

結果として何人かの大学生を相手に長々と講釈する破目と相成った。幕末の佐久間象山や勝海舟は蘭語を学んだというが、つまり和蘭、オランダ語だ。明治の日英同盟はイギリスを英吉利としていたからで、そしてまた日露戦争、これは当時は帝政ロシアだが、露西亜と書いた。戦争中の日独伊三国同盟は独逸（ドイツ）と伊太利（イタリア）が相手なのである。

以下——愛蘭（アイルランド）、亜爾然丁（アルゼンチン）、印度（インド）、埃及（エジプト）、加奈陀（カナダ）、瑞西（スイス）、瑞典（スウェーデン）、西班牙（スペイン）、智利（チリ）、丁抹（デンマーク）、土耳古（トルコ）、洪牙利（ハンガリー）、比律賓（フィリピン）、芬蘭（フィンランド）、伯剌西爾（ブラジル）、波蘭（ポーランド）、墨西哥（メキシコ）。そして、その昔には日葡《にっぽ》辞書というのが貴重であった。すなわち葡萄牙、ポルトガル語の辞典なり。

と、いまや消えなんとしている知恵のありったけを絞って、滔々とやったのである。が、大学生諸公はヘエーと一応は感心した風を示すが、アナクロ爺さんをそれ以上相手にしてはくれなかった。

覚えておいても損はないのであるがと、すこぶる残念に思えた。

それにつけても、フランスが仏で、ドイツが独には、物足りなさを改めて感じた。佛と獨でなくては、どうもその国らしくない。文藝春秋の藝《げい》を芸《うん》とするのはいかん、と前にも書いたが、戦後の漢字改革にもう無駄な抵抗をするつもりはないものの、イヤな感じはまたしても残った。

昭和二十一年十一月十六日、当用漢字一八五〇字が発表されたその日に、「漢字には背景に大いなる文化があるのにな」と中学生ながら私は呟いた。そのことをまた思いだした。

（二〇一四年十二月）

「日の丸」の起源

対米英戦争の忌わしい記憶がどうしてもよみがえるために、「日の丸」を国旗とすることに強い抵抗を感じる年寄りがいまもなお多いようである。

わたくしは、といえば、終戦のあと惨たる焼け野原からの再建のための猛烈な努力の数年間は、「日の丸」を仰ぎ見る気にもなれなかった。でも、六年余の占領期がすぎて戦後日本が独立したころから、そうでもなくなった。〝戦犯国〟の汚名がとれて戦後初めてオリンピックに日本が出場を許されたとき、日本代表として出場してやろうと隅田川でボートを漕いでいたことが、その証《あか》しといえようか。なにしろユニフォームの胸に「日の丸」がつけたくて一所懸命であったのである。

そんな昔話はともかくとして、国旗のない国は世界にないのであるから、と、議論するためではなく、サッカーW杯の放映を眺めつつ軽い気持で「日の丸」について書くことにする。

そもそも「日の丸」の起源は、『続日本紀《しょくにほんぎ》』（七九七年）に遡《さかのぼ》るらしい。されど、この旗がごく一般的になったのは南北朝時代（十四世紀）、というのが定説になっている。これがさらに戦国末期（十六世紀末）には、天皇の権威をいただいて天下統一をめざす武将たちが競って、おのおの勝手につくった「日の丸」を用いだした。

やがて徳川家康が天下統一。三代将軍家光の鎖国時代（一六三三〜三九年）となり、私船と区別するために、以後は幕府の公用船だけが「日の丸」を掲げることとなった。これが外国に向っての国旗らしい旗印となった最初という。ところが、嘉永六年の黒船来航（一八五三年）で事情が一変してしまった。アメリカに遅れじとしきりに港々にやってくる外国船と区別するために、日本国の船の総目印（つまり国の旗）をきめることが緊要となったのである。

こうして翌七年の七月九日、「日本総船印《ふなじるし》は白地日の丸幟《のぼり》相用い候よう」と、幕府が各藩に布告したのである。つまりこれが正式に国旗ができたとき。さっそく薩摩藩の船が「日の丸」を高高と最尖端に掲げた。もっとも以前から薩摩船は自藩の旗印のごとく「日の丸」を掲げていたともいう。

ざっと「日の丸」にはそんな歴史がある。ま、知っておいて損はなかろう。

（二〇一八年九月）

尺貫法が消えた日

昭和二十四年（一九四九）春、隅田川でのお花見レガッタに、ボートの選手として出場したとき、プログラムに「5番手半藤一利　五尺七寸七分・十七貫二百」としてはじめて紹介された。いらい二十七年秋の全日本選手権大会までは、プログラムに、体重に多少の増減はあったが、そのように記されるのを常とした。それが優勝して日本一に輝いたこのレースのときのそれは、「1メートル77センチ、71キロ」と様変りして身長・体重が書かれている。

当時はあまり気にもとめなかったように記憶するが、いま手もとに残る当時のいくつかのプログラムを眺めていると、ハテハテ、これはどうしてなんだろうかな？　と突如として疑問が湧きでてきたのである。

そういえば、わが幼少時代の度量衡（長さ・容積・重量）の物差し・升《ます》・秤《はかり》はいまでは通用しないものばかり。尺寸《しゃくすん》であり、升合勺《しょうごうしゃく》であり、貫匁《かんもんめ》であった。物知りに教えられた。

「いいか、片手ですくえる穀物《こくもつ》の量を一勺といい、両手を合わせてすくえる量を一合とよぶんだ。それ以上の量は木の幹の内部を丸くくりぬいた特別の容器を使ってな、容器いっぱいになった量を一升というんじゃ。わかったか」

その物知りもさすがに尺寸の起りは存じなかったようで、ムニャムニャとごまかされたが、こっちは中国から伝わってきたものという。紀元前七世紀の周の時代に〝黄鐘〟という笛の長さをもとにして一尺という単位がきめられたそうであるが、詳細は長くなるので略。ただし、古代日本では中国の唐からこの単位が入ってくるまで、「束《つか》」（握りこぶしの幅）、「咫《あた》」（手をひらいて親指から中指まで）、「尋《ひろ》」（両手を左右にひろげた長さ）が使われていた。飛鳥時代の長さの単位はまさにこれで、八咫《やた》の鏡（大きな鏡。三種の神器の一つ）のようにいうが、束より小さい寸に当る語はなかったようである。

とにかくこの日本式の度量衡が、世界に通用しないというので切り換えられたのが、昭和二十六年（一九五一）六月七日。尺貫法をやめてすべてメートル法とする計量法がきめられた。完全実施は昭和三十四年一月一日ながら、わがボートレースは率先してこれを実践したものとわかった。

（二〇一八年七月）

三社様の境内にて

近ごろは老齢のせいか記憶もあいまいになったが、わが小学生時代（つまり昭和十年代）には、アイウエオの五十音よりもイロハニホヘトのほうが主体であったように思っている。事実、戦争中の国民学校では、ドレミファソラシドは軽佻浮薄《けいちょうふはく》ということで「はにほへといろは」で音楽（唱歌といったが）が教えられていた。

古い劇場の座席は「いろは」で指定されていた。落語のまくらでも、その昔は「への三十てえのはどの辺でしょう」「なに？　への三十？　そりゃおおかたケツのほうだろう」とやって笑わせていた。いま、改築されたあとの歌舞伎座なんかはどうなっているのか、とんと御無沙汰しているので、残念ながらわからない。昔のままなら、への三十は前から六番目のまことによろしい席なのであるが。

こんな話を突然書くのは、つい先日浅草観音さまの隣の三社様（浅草神社）にお詣りして、久しぶりに久保田万太郎の句碑を眺めたからである。正面の鳥居をくぐってすぐ右に、伊藤熹《き》朔《さく》のデザインのしゃれたこの句碑がある。蚊の鳴くような細い万太郎の文字で、

竹馬やいろはにほへとちりぢりに

そして「万」という字が少し飛んで左下に彫られている。

その昔は、それこそ名句と思って碑を眺めながら、何度も何度も口ずさんだものであった。竹馬遊びをした悪ガキ時代と、東京大空襲後ちりぢりになった仲間のあいつやこいつが想いだされてきてならないからである。

ところが先日の訪問のときは、あまり胸に迫るところがなく、あっけらかんとした気持で眺められた。それというのも、その後に小林一茶の句集を拾い読みしていて、

イロハニホヘトを習ふゐろり哉《かな》

という句やら、「初雪や一二三四五六人」とか、「きり一葉二葉三葉四葉せはしなや」とか、似たような句をいくつも発見したからである。いやいや、そのほかにも、太田道灌《どうかん》のつくるところの狂歌もあった。

小机はまづ手習の初めにて
いろはにほへと散りぢりになる

というわけで、なんとなく万太郎俳句の長年おし戴いてきた有難味が薄れてしまった気分なのである。

（二〇一九年七月）

東京の田舎ッペ

五月二十一日に八十六歳になる。昔でいえば完全にもう翁《おきな》である。なのに喋る言葉ときたら十代の悪ガキ時代そのままで、たとえば「ナヌ、読みたくねえ、ヤならよしやがれ」という伝法な調子がぬけない。褒められているのか呆れられているのか、さすがに東京は下町ッ子の生まれなんですね、といわれたりする。

　たしかに日常使う言葉のなかに、面白いくらい促音（ッ）や撥音（ン）がやたらに交っていることに気づく。キレッパシ、ツンノメル、トッチメル、ヒッタクル、ダダッピロイ、タント、ヤタラニ、ナンノカンノなどなど。よくいえば活潑な、悪くいえば粗暴な言葉なんである。悠々閑々の隠居さんのはずが、悪ガキと同《お》んなじじゃカッコ悪いッたらないのかもしれない。

でも、生まれたのは昭和五年（一九三〇）で、ところは向島（いまの墨田区）は、厳密にいうと、下町生まれとはいえないのである。昭和五年のころの東京はまだ十五区しかなかった。うちの麹町・四谷・赤坂・麻布・芝・牛込・本郷・小石川の八つの区が山の手区であり、日本橋・京橋・神田・下谷・浅草・本所・深川の七区が下町区として承認され、そう扱われていた。

つまり私は東京府南葛飾郡吾嬬《あずま》町大字大畑で生誕した東京の田舎ッぺであった。といったからって卑下することもない。新宿だって渋谷だってそのころはまだ東京の田舎。三軒茶屋あたりは竹の子の名産地であった。これらの東京の田舎が東京市に編入されて区を名乗るようになったのが昭和七年で、いっぺんに三十五区にひろがった。私も晴れて向島区民として東京市民を名乗れるようになった。といっても当時はまだ満二歳。当時の人口五百五十一万三千四百八十二人、世界第二位の大都市となったのである。

であるからって威張るほどのこともない。雑誌「週刊東洋経済新報」の昭和四年五月二十一日号（私の生誕ちょうど一年前）に、世界各国の国民の一人一日の平均所得額が載っている。イギリス人99銭1厘、フランス人90銭3厘、アメリカ人84銭7厘、ドイツ人64銭8厘、イタリア人36銭8厘、ロシア人21銭1厘、そしてわが国19銭9厘。

貧しかったんだよ、わが日本帝国は。それがいまの繁栄ぶり、ウェヘー。

（二〇一六年六月）

「立食パーティ」の起源

今回は、少しばかり脱線的な、呑気な話題で。

近ごろは何となく不景気で、世間一般がけちくさくなったので、ガクンと減ったようであるけれど、ひところのバブル全盛時代のわが国では、いたるところでパーティばやりで、案内状がしょっ中舞いこんで、いささか食傷気味であった。

「だれだれ君を励ます会」とか「出版記念会」とか、会社や団体などの「×十周年記念会」だとか。ところが、いまは葬儀の次第が変って、やたらに多くなったのは「〇〇さんを偲ぶ会」ばかり。とくに老齢になると、およそ結婚式などの目出たい会に招かれることはなく、白いネクタイの出番は滅多になく、黒ばかりがハバをきかせている。ああ、世は無常なり。

ところで、「励ます会」とか「記念会」とかは、ほとんどが「立食パーティ」であって、義理でタマに出席し閉口することがしばしば。が、効能がないわけではない。滅多に会えない人と逢うことができるから、出てよかったと思うこともないではない。でも、概《おおむ》ねは骨折り損のくたびれ儲け。久しぶりの人との話に興じていると、物が食えない。ガツガツ物を食べていると、「やあやあ」というぐらいで折角の機会を失ってしまう。しかも、当然出席しているだろうと思っている人が、いなかったりすると、本当にガッカリする。立食パーティの難しさというところである。

で、今回の主題は、その立食パーティのそもそもは？　妙に気になったので調べてみる気になった。

私は東京は下町生まれで育ちも粗雑な悪童であったが、ガキのころから物を食べるときはかならず坐らされて、立って食べるなんて行儀が悪いときびしく仕込まれた。およそ日本人は立食いということは不作法もいいところで、三食に限らず物は手を合わせありがたく戴かねばならなかったのである。

そこに「立食パーティ」……判明したのは、この風習が日本ではじまったのは明治十二年（一八七九）九月十五日、所は横浜で、いまから一三九年も前から、とのこと。当時の新聞に「立食とは西洋の宴会なり」とあった。わかったところで、まったくどうという話ではないが……。お粗末でした。

（二〇一八年十一月）

皇太子殿下の帰京

昭和八年（一九三三）生まれの今上天皇（現在の上皇）は、八十八歳のわたくしより三歳下ということになる。来年四月末日で天皇位の生前譲位はやむを得ないことであるかな、と思われる。

今回の話題はそのことではなく、昭和二十年（一九四五）八月の終戦時、まだ天皇が皇太子殿下であったころのこと。当時、皇太子は小学校六年生で、栃木県奥日光に疎開されていた。戦争が終ったあと、すぐに東京の家《うち》（皇居や赤坂離宮）に帰られたのだろうと思っていたら、先日、当時の侍従次長木下道雄の『側近日誌』（文藝春秋刊）で二十年十一月七日の項にアレッ？　と思う一行を発見した。

「(午後）1時30分、皇太子殿下及び義宮、日光より御帰り。赤坂離宮に入らせらる」

十一月といえば、日光には粉雪が降りはじめる候ではないか。なんでそんな寒いころまで。がぜん気になった。

調べてすぐにわけがわかった。皇太子をそんな寒くなるまで日光に留めておいたのには、終戦直後、皇太子を奪って天皇に推し立て、占領軍を殲滅《せんめつ》して徹底抗戦に国策を戻そう、という不穏な計画が陸軍にいくつもあったから、というのである。

たとえば東部軍第十四師団の一部が蹶起《けっき》して無謀な挙にでるという噂が飛び交い、皇太子を護衛する近衛師団の日光儀仗《ぎじょう》隊が、これに備えて湯元に通ずる道に地雷を仕掛け、迎撃作戦を十分に準備していた事実が残っている。儀仗隊はまた、皇太子の影武者をつくり、今市《いまいち》方面へ本物を落ちのびさせる計画も考えていた、ともいう。

いずれにしても、天皇放送で戦争が終っても、軍部には戦争終結を認めず、いぜんとして物騒な、一億玉砕の戦闘計画がひそかにねらわれていたのである。これでは、皇太子がすぐに東京に帰ってくるわけにはいかなかった。

十一月の帰京、もう満目蕭条たる東京の焼け野原には寒風が吹きはじめていたことであろう。原宿駅に下り立った皇太子の眼にはそれがどううつったことか。戦没者慰霊のための戦跡地訪問の旅をつづけられた今上天皇の胸のうちに、あのとき眼にした戦争の悲惨の強烈な思いがある。……そう思うのは、はたして失礼きわまることであろうか。

（二〇一八年十二月）

「令和」元年に想う

五月、薫風《くんぷう》の候とともに、新天皇の誕生と、「令和」元年のはじまりで、身辺まことにあわただしく、のんびり昼寝もしていられない。であるからといって老骨にはとくにしたいこともない。が、突如として思いだされてくる歌があった。また、昔ばなしかよ、と笑われそうであるが、昭和改元とともにすぐに流行した「昭和の子供」というリズムがジャズ調の歌である。

〽昭和　昭和
昭和の子供よ　僕たちは
姿もきりり　心もきりり
山　山　山なら　富士の山
行こうよ　行こう　足並みそろえ
タラララ　タララ　タラララララ

昭和五年生まれの、音感ゼロのわたくしがいまでも、一番だけならなんとか歌える。何でも日本放送協会（ＮＨＫ）が改元するとすぐに、新作の、子供の歌をいくつかつくって、どんどん電波にのせることを考えた。そのときに歌われたひとつで、その明るさが新時代にぴったりで大ヒットしたらしい。作詞久保田宵二、作曲佐々木すぐる。作詞者はまったく存じないが、作曲家のほうには「月の沙漠」や「お山の杉の子」などいくつか、わが耳にもなじんだ名曲がある。

〝それにつけてもいまは〟という感想が浮んでくる。昔の日本の民草は時代相が変るかもしれない画期的なことがあるときは、元気になるような歌をつくって、みんなして仲よく歌ってお祝いしたもの。こうして不景気な気分を吹き飛ばしたのに、いまはそんなこともしなくなったのかな……と。

そういえば、昭和二十二年（一九四七）五月三日「新憲法施行の日」に発表された「憲法音頭」（作詞・サトウハチロー／作曲・中山晋平）のことも思いだされてきた。音感ゼロにはとびとびにしか歌詞がでてこないのが残念だが。

〽おどりおどろか　チョンホイナ

ではじまって、何やら威勢のいい文句があって、一番の終りは、

〽誰にえんりょがいるものか
　ソレ　チョンホイナ

であった。チョンホイナが記憶にある。歌手は戦前のヒット曲「天龍下れば」や「茶切節」の市丸姐さん。さはさりながら、「令和音頭」をつくって祝おうといっているわけではない。

（二〇一九年六月）

メチル酒をチビリ

松尾芭蕉の第一の高弟たる宝井其角の作に、

　十五から酒をのみ出てけふの月

という名句がある。なんどとなく書いたことであるが、親父どのの晩酌につきあわされ飲み出したのは小学一年生のとき。十五じゃずいぶんと〝遅かりし其角どの〟ということになる。

なれども、この句を何度か舌にころがしていると、ほんわかとした色気が匂ってくるような気がする。なぜならば……、『論語』にいう、十五ニシテ学ニ志シ、で、俺もその十五歳で芭蕉翁について俳諧の道に志し、ついでに酒道にも、と其角は告白しているわけである。当然のことながら、酒とくればおんな、すなわち色の道に腕をあげ磨いてきて今日に至る……と深読みできるではないか。名句とするゆえんである。

わたくしはより早く飲み出し、四十七歳で亡くなった其角よりも三十歳余も長生きしているけれども、其角ほどの酒道の達人・色道の泰斗の域まで達していない。わけを聞かれれば、つまりは戦争のお陰ゆえと答えるほかはない。終戦は十五歳の夏、ぐんぐん手があがるはずの十七、十八歳ころは、戦後の諸物資不足で、うまいまずいどころか酒類の高価なこと高価なこと。ガブガブやるわけにはいかない。どうにもこうにもならなかった。

それで、目がつぶれるかもしれぬことを恐れつつ、親父どのと一緒に、メチル酒をチビリチビリ。いまは知らない人ばかりになったであろうから蛇足を加えれば、ふつうのエチル・アルコールにたいして、ガソリン、アセトン、ホルマリンを混入した危険な酒をひっくるめてメチルと呼んだ。とにかく多量に飲むと間違いなく天国行きになる。少量でも失明したりする。そこから「命散る」、あるいは「眼散る」とも通称されていた。または、一命を落とすところから「バクダン」ともよばれた。当時、シャレた詩人がうたったあっぱれなパロディ短歌の一首が、いまも即座に思い出される。

詫びぬれば自棄のついでのメチル酒
　目がつぶれても飲まんとぞ思う

とにかく晩酌で、親父どのに「まあ、やってみろ」と勧められて、チビリチビリと少量を何度か口にする。さて、しばしあって、わが目が何事もないなと判断するや、親父どのはグビグビやりだすのである。そして胴間声で叫ぶのである。

「坊ッ、よく覚えておけッ。酒で命を落とすような奴は、結局のところ落ちゆくばかり、決して浮かばれることはないんだ。大丈夫とわかったら、かまわん、大いに飲め。バッカス、お前の酒樽に、心配苦労はドンブリコ、なんだ」

かかる非人情な親父どのに指導されたわが酒道である。名人上手になれるはずがない。一昨年、喜寿になったとき、泥酔してスッテンコロリン、左の肩胛骨を折って全治三カ月というおろかな所業をやってのけた。いらいカミさんに「とにかく、ホドホドにせい、といっているでしょう」といわれている。

（二〇〇九年五月）

沙羅雙樹

昭和二十年三月九日深夜から十日未明にかけて、東京向島にあったわが家が焼けた。円形の炎と煙とが数千メートルに達し、その円塔を東から西へ、南から北へ突き抜けながら、二〇〇〇トン以上の焼夷弾をB29三百余機が投じて悠々と飛び去っていった。翌朝、中学二年生であった私は、焼死体のごろごろしている焼け跡に立って、空腹も忘れて、四年がかりで集めたメンコが灰となったことに滂沱《ぼうだ》と涙を流していた。それは昭和十七年当時の横綱から前頭十六枚目まで、東西の全力士土俵入りをしている「生命より大事な」宝だった。神州不滅、絶対に勝つの言葉を信じていたし、家が焼かれるはずがないの闘魂に燃えたぎっていた私は、バケツをさげての消火にわれを忘れた。

気づいたときは遅かった。いざとなれば、生命より大事なものなどあろうはずはないから、手ぶらで逃げだした。双葉山や玉ノ海が赤不動のように、わが机の引出しで火を浴びているのに気づこうとしなかった。生き延びるのがやっとだった。

翌朝の涙は、無念と後悔と、全力士に対するお詫びとがいりまじった複雑なものであった。

——いまさら改まって戦争の話なんか、という気がしないでもない。

しかし、いまの自分の何から何までが、焼け跡から出発しているような気がしてならぬ。いらい、「絶対」という言葉を使おうと思わない。また使ってもいない。

戦後の繁栄なんかまぼろしだと思いつづけた。高度成長も砂上の楼閣ぐらいに考えてきた。
若い人がやたらに自分の家をもちたがる話を耳にするたびに、満目蕭条たる焦土に、苦悶の手そのもののようにして立った裸の鉄骨を想い浮かべた。また、学校給食の話を聞くたびに「あれいらい、子供たちがマズイという言葉を覚え、ものを残すことを知った」といらざる毒をついた。

その私が、である。まさしくその私が、何たることだろうか、わが家を新築したのである。正確には、「わが女房が」と書くべきかもしれない。自己資金の四倍におよぶ銀行ローンの重荷を背負って、残りの方が少なくなりはじめた人生を、志すところと正に正反対の方向に歩かねばならぬとは、昨年まで露ほども思ってもみなかった。ローンの交渉、建築家との打合せ、登記、庭の設計、ほかに何があったかを知らないが、すべて女房殿がやった。

つまり、カネにからまる〝経済〟についてはすべてツレアイ任せで、私は名を貸したにすぎず、そして、自分の肉体を、ある日、西から東へ運んだにすぎないのである。

まったくの無能である。役立たずであった。

「新しい家の住み心地は如何ですか？」と人はいう。

私はゴニョゴニョと訳のわからぬことを答える。

「随分とかかったでしょう」と人はきく。

私はまたゴニョゴニョと答える。

猫の額ほどの庭があって、椿が一本、赤い花をつけている。そのとなりに、焼け跡の鉄骨のような裸木が真っすぐに立っている。何という樹かと女房殿に聞いた。

「沙羅雙樹の木ッ。知らないの。バカねえ」

これだけは気に入った。

沙羅雙樹なら『平家物語』ではないか。諸行無常、盛者必衰、ただ春の夜の夢の如し……だ。いま、その木を眺めながら、やっぱり世に「絶対」ということはないのだと、愚かにも、ブツクサつぶやいている。

（一九七六年五月）

オヤジの予言

わがオヤジのことを書く。

トラック一台で運送業を開き、三十一歳で向島区の区議会議員にもなった。反戦主義者ではなかったが、あの頃なかなか表では言えないことをズバズバ口にして平気の平左だった。

たとえば太平洋戦争がはじまった時には「アメリカ相手に勝つわけがねえ」とボヤいていたし、山本五十六さんが戦死した際には「これでおしまいだ」なんて言っていた。なにしろ日本の勝利が盲信されていた時代。「アノ人、非国民みたいなことをしゃべっているヨ」などと、やがて陰口を叩かれ隣組に睨まれるようになる。

ある夜オヤジとわたし、近所の人と五人で花カルタをやっていたところに警官が踏み込んで来た。サシた（密告）やつがいたのである。引っ張られた向島警察署の取調室でオヤジが主張していたことは今でもよくおぼえている。「おれたちは国体をブッ壊すなんてことはこれっぱかりも考えていませんよ」

私有財産制度は大賛成なんだ、などと余計なことまで言って、そばにいたわたしをヒヤヒヤさせている。

治安維持法の庶民的な理解は国体破壊と私有財産の否定。つまりアカは天皇制と資本主義に反対する者とされていた。アカの疑いはまぬがれたオヤジ、今度は「金は賭けていないから博打じゃない。戦争中といったって息抜きくらいさせないと、命がけで戦う気なんかおきないぞ」とやけ気味の言い訳で、無罪放免、釈放となった。空気を読むのは苦手だったが（今日びＫＹとか言うそうな）時代の風を読むことにかけては目利きだったのである。

戦争が終わって、日本の植民地だった朝鮮半島が南北に分断された。昭和二十三年八月十五日に、大韓民国が成立。朝鮮民主主義人民共和国の成立はおなじ年の九月九日だった。これが報道された日、「共産党の国が隣にできたけれど、これからどうなるの」とわたしがオヤジに尋ねると、こう断言した。「あんなものはすぐ潰れるッ」

この朝鮮半島についての読みは当たらなかった。この二年後、オヤジは胃がんでその一生を終えることになる。享年四十七だった。いまかの国は三代目となっている。地獄

（？）でオヤジはどんな想いで見ていることか。

（二〇一九年十一月）

文化の日にしたいこと

十一月三日は文化の日。そして日本国憲法が公布された日でもある。昭和二十一年（一九四六）十月七日に衆議院を憲法改正案が通過、十一月三日公布された。

「日本国民は、恒久の平和を念願し、人間相互の関係を支配する崇高な理想を深く自覚するのであつて、平和を愛する諸国民の公正と信義に信頼して、われらの安全と生存を保持しようと決意した」

憲法の前文である。よくメイド・イン・USAだと憲法はこきおろされている。なるほど、前文の日本語は、たしかに悪文と申すほかはない。こなれていない翻訳調そのもの。でも、そこにこめられた平和への希求だけは、無謀な戦争に生き残ったほとんどの日本人が、その当時に心から思ったことである。三一〇万人もの犠牲者の死を空しくしないために、本気で誓ったことであった。というわけで、昔話をひとつ披露させていただく。

わたくしの大学時代は、憲法の授業を履修して単位をとらないと教員免許がもらえなかった。まわりから教員免許をとっておくと就職に有利だぞといわれて履修届を出したのはいいが、憲法の授業は一時間目。朝早いんである。隅田川でボートを漕いでクタクタになっているヤツが朝早く本郷へなど行けない。一回だけ出てやめちゃった。しかしこの、ただ一度の授業をいまも覚えている。教壇のひとはこういった。

「将来とも、この憲法に関しては、たぶんアメリカ軍、ＧＨＱの押しつけであるとの論が出ると思います。しかしこれは押しつけではありません」

かれはかさねてこういった。

「いまの時代、生まれや素性を云々して、その人の価値を論ずることはよくない。ではなにを基準とするか。その人がなすものごと。つまり働きにある。憲法もおなじです。いいものはいい」

教授の名は宮澤俊義。南原繁《なんばらしげる》総長の発案で東大につくられた「憲法研究委員会」の委員長をつとめた人物である。

前文を締める最後の文章がこれ。

「日本国民は、国家の名誉にかけ、全力をあげてこの崇高な理想と目的を達成することを誓ふ」

文化の日に、憲法を読み直すのはいいことだと思っている。

（二〇一九年十二月）

二十年をまたいで

令和元年が暮れようとしている。

この連載も二五〇回である。第一回は一九九九年四月号だからじつに二十年の歳月が流れた。はて、どんなオダを飛ばしていたのかと見てみると、その題は「21世紀のはじまり」とある。

「司馬遼太郎さんが亡くなる直前まで読んでいた枕頭の一冊に、数学者の吉田洋一の『零の発見』があったと聞いた」という文章で筆を起こしていた。

最晩年の司馬さんは東洋思想の「無」について考え続けていたのではないか、と探偵的わが推察がその後に続く。

長き年月をまたいで、最晩年の司馬さんが傾倒したものをもう一つ紹介する。漱石である。「齢をとるにつれて好きが昂じて漱石が慕わしく、懐かしくなります」と語った言葉がこの耳底に残っている。漱石は晩年、日本の二〇世紀は堕落しきっていると嘆き、日本人よ欲望を減らせ、自己限定の決意を固めよ、と説いていた。司馬さんは同憂を漱石のうちに感じていたに違いない。

最後に言葉を交わした時、二一世紀へ思いをいたして司馬さんはこう言った。

「自然をこれ以上壊さない。その一点だけを合意して守ろうじゃないか。これなくしては日本国の明日はない」

司馬さんの死から四年後。「文藝春秋」二〇〇〇年二月特別号が、「20世紀　衝撃の一日」というアンケートによる特集を掲載した。各界の著名人が〝私のメモリアル・デイ〟を答えている。一位が八月十五日の敗戦。二位に三島由紀夫割腹自殺。三位、昭和天皇崩御。四位、太平洋戦争開戦。五位、アポロ11号月面着陸。六位、二・二六事件。七位、ベルリンの壁崩壊、阪神・淡路大震災。

日本人が東日本大震災という凄まじい衝撃を経験するのはこの十一年後のことだった。

はるか彼方から来たり去っていく時間の長さ速さよ。「そして人は何も過去から学ばないことを思い知らされる」は拙書『ノモンハンの夏』（一九九八年刊）の最後の一行。だがしかし……と今は思いたい。フランスの歴史学者で、ゲシュタポに射殺されたマルク・ブロックの名言を記して筆を擱《お》く。

「歴史を古代から時代順に読むから考えなくなってしまう、歴史は現代から遡るように読むべきだ」

　これをもって全篇の終わりとする。ご愛読を心からお礼申し上げる。

（二〇二〇年一月）

初出一覧（掲載年月日は、各文末に記載）

「二・二六事件『宮城占拠計画』の謎は解けた」「責任を背負って史実を書いた阿川弘之さん」「私の見たアメリカ大統領たち」（「文藝春秋」）
「戦争直後の荷風」（岩波書店「荷風全集」第2次　月報14）
「暑気払いは八の字尽くし」「強いスローガンの恐ろしさ」「頑迷な愛国者が国を滅ぼす」「五輪旗に込められた思い」「ニホンとニッポンの間に」「相撲改革　四本柱の思い出」「戦火を乗り越えた観音さま」「空きっ腹、胸に刻んだのんき節」「気になる言葉、その背景に」（朝日新聞「歴史探偵おぼえ書き」）
「沙羅雙樹」（「激流」）

記載のないものは「新刊のお知らせ　歴史探偵がいく」（文藝春秋）

収録にあたっては、著者から編集部に託された修正原稿をもとに加筆、一部改題を行いました。著者が保管する原稿を底本としたため、掲載誌が不明のものもありました。お気づきのことがありましたら編集部までご連絡ください。

半藤一利（はんどう　かずとし）

1930年生まれ。作家。文藝春秋に入社し、『週刊文春』『文藝春秋』などの編集長、専務取締役を歴任。昭和史研究の第一人者として知られる。2021年1月12日逝去。『日本のいちばん長い日　決定版』『聖断』『昭和史』『歴史探偵　忘れ残りの記』など著書多数。

文春新書

1319

歴《れき》史《し》探偵《たんてい》　昭《しょう》和《わ》の教《おし》え

2021年7月20日　第1刷発行

著　者　　半藤一利
発行者　　大松芳男
発行所　株式会社　文藝春秋

〒102-8008　東京都千代田区紀尾井町3-23
電話（03）3265-1211（代表）

印刷所　　理想社
付物印刷　大日本印刷
製本所　　大口製本

定価はカバーに表示してあります。
万一、落丁・乱丁の場合は小社製作部宛お送り下さい。
送料小社負担でお取替え致します。

ISBN978-4-16-661319-9